セイジャの式日

柴村 仁

セイジャの式日

湿度の高い日本の夏は熱が塊となって粘りついてくるようだ。

重苦しくて呼吸さえスムーズにできない。

「……暑い」

朝。大学キャンパス内。俺は正門が辛うじて作る影の中にいた。立っているのにも疲れたので、ヤンキー座りをしていた。かぶっていたキャップを団扇代わりにしてバタバタ扇ぐが、ぬるい空気が流れてくるだけで、あまり効果はない。

自宅を出てくる前にテレビで見た天気予報では、この地方の本日の最高気温は三十五度だった。お天気おねえさんも「今日も朝から暑い一日になりそうです。外に出られる方は水分摂取を忘れずに。日射病、熱中症にはくれぐれも気をつけてくださいね」とラブリーな笑顔で言っていた。

そんな日に屋外で待ち合わせしようと言い出したのは誰《だれ》だ。バカたれめ。

胃がチクチクと痛み始めた。舌打ちしつつ、みぞおちあたりを押さえる。不安や不満を感じると、こんなふうに痛み出す。六月から、ずっと続いている。素人判断だけど、たぶん、神経性の胃炎だと思う。のた打ち回るほどの痛みではないから放置しているが、結構長引いているし、そのうち一度病院で診てもらおうと思っている。気を紛らわせるため、修行僧のように目を閉じる。そんでもって、今日この時間この場所にいることになった経緯を、思い返してみる――

【七月二十九日】

教務課にレポートをすべて提出したその日、俺は晴れやかな気持ちでキャンパスを出た。卒制があるので完全に自由放免というわけではないが、とりあえず、これで明日から長期休暇だ。

腕時計を見ると、十九時ちょっと前。空はようやく暗くなり始めたところ。

俺は、卒業後、柏尾《かしお》デザイン室に就職することが決まっているので、研修を兼ねてすでにバイトとして入っているが、今日はそのバイトもない。サークルもない。久々に駅前のレンタルビデオ店でも覗《のぞ》いていこうか。と思っていたところに、携帯電話が鳴った。発信者は、彫刻科七年生にしてバスケサークルの先輩、利根《とね》さんだった。

サークル関係の連絡かなと予想を立てつつ、電話に出る。「はい、もしもし」

『おっつー、ハルちゃん、今ヒマ？』

「残念ながらヒマっす」

『今、K駅んとこで飲んでんだけどさ、お前も来ない？』

「お、行くっす、行くっす。店どこですか」

『駅のすぐ近くなんだけど、ちょっと分かりにくいところなんだわ。駅に着いたら電話くれ。迎えに行くし。あ、北口ね』

というなりゆきで、K駅へ。

改札で連絡を入れて数分後、利根さんが「ご苦労」と手を振りながらぶらぶらやってきた。そして、何気なく、俺が肩からさげている筒状の図面ケースにちらりと目をくれた。一瞬、緊張する。が、利根さんはすぐさま興味なさげに目を逸らした。ホッと胸を撫《な》で下ろす——そうだ。美大生が、しかもデザイン科の学生が、でかい図面ケースを持って歩いているのなんて、珍しくもなんともないのだ。ちょっと自意識過剰になっているようだ。

俺一人に対して「ハイでは皆さんこっちですよー」などとのたまうほろ酔いな利根さんにくっついて、駅前の大通りを挟んですぐ向かいの飲み屋街に踏み入った。とにかく隙間《すきま》さえあれば飲み屋が収まっている高密度な一角で、特に道幅の狭いところでは人間がすれ違えるかどうかというほど。当然のことながら風通しは悪く、むんむんと蒸し暑い上に、いろんなにおいがこもっていた。焼鳥屋の脇《わき》を通れば香ばしい煙がもろに顔にかかり、チゲ鍋屋《なべや》の前を過ぎればキムチのにおいに嗅覚《きゅうかく》が刺激された。無性に腹が減ってきた。

立ち飲み屋とタイ料理屋の隙間に、その階段はあった。よく見れば確かに、壁には店の看板らしきプレートが掲げられている。が、周囲にベタベタ貼《は》られまくったライブやら新規開店やらのフライヤーが主張強すぎて、言われなければ気づかない。

「こりゃあ分かりにくいわ」

「だろ。でもここいいよ。安いしうまい」

利根さんを先頭に、狭くて急な階段を上る。天井もやたら低くて、何度も頭をぶつけそうになった。

店内は冷房が効いており、たちまち汗が引いていった。階段の狭さから推測して、カウンターだけのこぢんまりとしたところなのだろうと思いきや、店内は意外に広いようだった。間仕切りが無数に立てられているせいで見通しが悪いものの、逆にそのおかげで各テーブルが個室っぽくなっている。

薄暗い通路を何度か曲がり、やっと辿《たど》り着いた四人掛けのテーブル。そこに一人でぼんやり座っていたのは、まさしく犀和彦《かずひこ》であった。

「おう、ハルさん。久しぶり」

「犀《さい》？」

と軽く手を挙げて応えた眼鏡の優男は、なおかつ速筆多産で、学校内外から高い評価
確かな写実性とパセティックな描写、なおかつ速筆多産で、学校内外から高い評価を受ける、我が校に於いて今最も将来を有望される名物男の一人だ。

俺は犀と面識がある。俺が二年で犀が一年のとき、入試手伝いの学内アルバイトで同じ班になって以来、なんだかんだでちょくちょく顔を合わせる機会があったのだ。

その作風・実力・評価などなどから、近づきがたいイメージを持たれがちだが、喋《しゃべ》ってみるとなかなかオープンなヤツだった。

俺が席に着くなり、犀が口を開いた。「さっき利根さんから聞いたんだけど、ハルさん、名字変わったんだって？」

「ああ、そうなんだ」

「カシオさん、だっけ」ごそごそ動いて、ポケットから携帯電話を取り出す。「忘れないうちに登録し直しとこう」

「お手数おかけしますな」

「カシオって漢字は、木へンに白の柏に、シッポの尾でいいのか」

「よいよ」

店員がお通しを持って来たので、とりあえず生中を注文。

店員が下がると、犀はサクッと遠慮なく訊《き》いてきた。「なんで名字が変わったんだ？　婿入りでもしたのか」

「違います」

あちこちで幾度となくしてきた姓変更に関する説明を、ここでも繰り返す。

そのうち、ビールが運ばれてきた。

ジョッキを「そんじゃ、いただきます」と持ち上げると、利根さんと犀も付き合ってくれた。「お疲れさんです」「ハイお疲れさん」「どうもどうも」と、軽く乾杯。うういういうい、とジョッキ半分ほど一気に空けてしまう。うまい。外が蒸し暑かったこともあって、すっきりと冷たいビールが一段とうまい。

俺は途端に上機嫌になった。「そういえばさ、この前の『美術の箱』の新人大特集号、読んだぞ。やっぱ、犀、載ってたな」

「ああ、うん」

「編集部イチオシの十六人の中に入ってたじゃん。すげーな。あれに載ってて在学中なのって犀だけじゃないか?」

「そんなことないだろ」

「掲載されてた作品って、最新作だろ」

横座りしている若い女が、手にした筆で地面に魚の絵を描いている。その魚たちは描かれた端から生命を得て、地面の中を泳ぎ回っている——という構図だった。画面は全体的に暗いのだが、魚の描線は鮮やかな金色で、そこだけ光っているようにも見えた。犀には珍しい幻想的な雰囲気の作品だが、いつものように隙なくまとまっているし、女性像も、しどけないポーズでありながら格調高く、やはり秀逸だった。

「犀サマの描く女はエロくていいよね」

「エロい、か……まぁ、ある種、褒め言葉ではある」

「最上級の賛辞だろうが」

「はいはい」

「やっぱ、女性を描く上で、こだわりとか、ある?」

すると犀はニヤッと笑った。「知りたいか」

思わずギクリとしてしまう。「え、なんだよ、やらしいな」

「ははは。別にないない、こだわりなんて。どういう構図にしても、男よりは女のほうが絵になるってだけの話で」

「ふーん……それにしても、利根さんと犀っていう組み合わせは、珍しいっていうか、面白いっていうか、すごく予想外だ。一体どういう知り合いだ？」

俺がそう言うと、利根さんと犀は顔を見合わせた。

二人の間で「どっちが言う？」的なアイコンタクトが一瞬交わされ、そして、利根さんが「あのさ」と切り出した。

「助っ人募集？」

「そう。とある彫刻家なんだけどさ、先日、腰をひどく痛めちゃったらしくて」

八月中旬までに仕上げなくちゃいけない作品が複数あるのだが、腰痛のため、立ちっ放しは辛いし、重いものは持てないし、思うように動けもしないのだという。

それで急遽《きゅうきょ》、ヘルプに来てくれる学生を募集したい、ということだそうだ。

「腰痛は彫刻家の職業病みたいなもんなんだけどな」

「はぁ」

急な募集だったこともあっていまいち集まりが悪いため、現在、必死で学生を掻《か》き集めているらしいのだが……彫刻科所属でなくても、もっと言うならファイン系でなくても差し支えございません、となってるあたりに、形振り構わずっぷりが窺《うかが》える。

「三日ほどの泊まりがけになると思うんだけどね、個人宅だし部屋数がそんなにあるわけじゃないから、女子に行けとは言えないわけよ。何か問題あっても困るじゃん、ほら、最近はいろいろうるさいし。だから、男子に限定されちゃうんだけど、そうするとますます働き手がいなくて」

「そう言う利根さんが行けばよくね」

「俺は明後日からしばらく日本にいないもーん。アメリカ行くんよ」

「マジすか。いいなぁ」

「ヨセミテ見てくるよ、ヨセミテ」

「いいなぁ。とりあえず土産よろしく。で、話を戻しますけど、その、アシスタント募集中の彫刻家先生、なんて名前です？」

「狩野《かの》壱平《いっぺい》ってんだけど」

「すみません、知りません」

利根さんが苦笑する。「いや。こう言っちゃなんだけど、全然、名のある人じゃないんだ」

「そうなんですか？」

「ああ。でもこの話は知ってるかな——石彫場の裏に、半端な石がゴロゴロと雨ざらしになってるところがあり、そこよりもうちょっと奥へ行くと古い倉庫がいくつか並んでる場所がある。一番北の倉庫のそばに、女の像がある……っていうの」

「あ、知ってる。聞いたことある。見たことはないけど。いろいろイワクが付いてるんですよね、その像。雨の日にはすすり泣きの声がするだとか、カップルで見ると必ず数日のうちに別れることになるとか。……まさか、その像を作ったのが、」

「今回の主役、狩野先生だ」

「なんだ、そうなのか。作者ちゃんといたのか」

「そりゃまぁ、木の股《また》から生えてくるもんでもねーし」

「そうなんですけど」

幽霊の正体見たり、ってカンジで、ちょっと拍子抜けしちまうかな。

それから利根さんは、くだんの像ができた経緯を滔々《とうとう》と語って聞かせてくれた。約二十年前、若き日の狩野壱平先生が経験した悲恋。まるで小説のような、なかなか聞き応えのある話だった。

「——で、どうよ、ハルくん。アシスタント、無理？」

行ってもいいんだけど——

　これといった用事はない。柏尾デザイン室のほうもそんなに忙しい時期ではないし、何より、社長である柏尾さんが「今は学業を優先しなさい。それからなんにでも積極的に参加しなさい。君はあそこで学んでいると同時に人脈を作っているんだから」と、事ある毎に言ってくれている。その度に俺はまた泣きそうになるわけだが。

　だから、事情を話せば、おそらくシフトの融通は利くだろう。

　行ってもいいんだけど——

「えーっと、つかぬこと伺いますが、それを手伝いに行くと、何か得るものあったりするんでしょうか。サマセ並みの単位もらえるとか、お給金とか」

「あるわけねぇだろ」

「だから人集まらねんじゃね」

「無償の労働って尊いよな」

　いろいろとツッコみたいことがあるが「まぁいいや。俺、行きますよ」

「ホントか!?」

「はい。何事も経験だし」

「ありがとう、助かるよ！」

それまで黙ってチビチビと酒を舐《な》めていた犀も「助かる」と呟《つぶや》いた。「別に、ハルさんじゃなきゃダメって話でもなかったんだけど、俺と利根さんが共通で知ってて、なおかつこういうこと頼めそうなのって、ハルさんくらいしか思い浮かばなかったから」

「っていうか、お前も駆り出されたのか？　油画科《アブラ》のお前が、どういう経緯で？」

「この件を担当してる彫刻研究室の助手、高梁《たかはし》というんだが、彼女は俺のいとこでね」

なるほどねぇ、と頷《うなず》く俺に、利根さんが似合いもしない上目遣《うわめづか》いを向けてきた。

「でさ、もいっこ、ハルくんを見込んで、お願いがあるんだけど」

「……なんです？」いやな予感しかしない。

「人員がねー、実はもう一人二人欲しいところなんだけど、なかなか見つからなくてさ。ハルのほうでも、友だちとかに声かけて、他に立候補いないか、当たってみてくんないかな？　さっきも言ったように男子に限定されるんだけど、条件と言えばそれくらいで、何科で何専攻とかもう関係ないから」

「軽く言ってくれるけど、この時期、それってなかなか難題っすよ。そもそも美術系の大学ってのは女子の比率が高いんだし……まぁ、捜してみますけど」

「よし、頼む！」

「なんか、いいように押し付けられた感が」

「だって俺らにはもう頼むアテがないんだよ」

「だからってあんま期待しないでくださいよ。俺だってアテはないんだから」

と言いつつ。

実は、アテがあった。

なんとなく、傍らに立てておいた図面ケースへ、ちらりと目をやる——で。

この翌日、俺は〈スペードのクイーン〉と共に由良宅《ゆらたく》を訪ねたのであった。


【八月二日】


「柏尾さん？」

名を呼ばれたので、瞼《まぶた》を上げる。

黒い影が、俺の目の前に立っていた。

よく見ると、例の「よくできた顔」に無表情を貼り付けて、俺を見下ろしているのが分かる。

「おはようございます」

「おはよう。ふふふ」

「なんですか」

「兄貴が代理で来たってわけではなさそうだな、と」

由良彼方《かなた》はそこでようやく無表情を崩し、少々不本意そうに「はぁ」と呟いた。

彼もまた直射日光を避け、正門が作る影の中にしゃがみこんだ。

黙っているのもアレなので、とりあえず世間話などしてみる。

「由良兄から聞いたんだけど、由良弟は家庭教師のバイトしてるって、マジ？」

「はい」

「ふーん、なんか意外だ」

そばの欅《けやき》の木からギャワギャワと蝉《せみ》の鳴き声が響いてきた。

一匹だけなのにすごい大音声。断末魔の悲鳴のようだ。

「生徒、どんな子？」

「いい子ですよ。ほどほどに素直で、ほどほどに生意気」

「ふーん」

一対一で喋ってみて、改めて思う。

同じ外装だってのに中身一つでずいぶん印象が変わるものだな、と。

兄の宛《あたか》は、有無を言わさぬ存在感があった。何もしていなくても周囲の人間を惹《ひ》きつけてしまうような妙な引力があった。でも弟の彼方は、実に控えめだ。故意か否かは不明だが、しんと感情を抑えて、自分の存在を極力主張しないようにしている。逆に言えば、その場に溶けこむ能力が高いということにもなるが、それにしたって兄貴とは正反対だ。これだけ顔がいいのに、あんまりちやほやされていないのは、そのへんに理由があるのかもな。

「ま、向いてるかもしれないしね、カテキョ。聞くところによると、お前、高校のときずいぶん成績よかったらしいじゃん」

ふっと息を吐いた由良は、担いでいるリュックのサイドポケットからペットボトルを抜き、一口飲んだ。「いや。俺、それほど勉強できなかったです」

「え、でも」

「授業なんかロクに出ずにフラフラ遊び回ってたし、予備校や塾にも通ってなかった。そんなヤツが、いい成績取ると思います？」

「うーん」

「逆に、兄貴はめちゃくちゃ頭がいいんです。宇宙人並みに」

××県X町で目の当たりにした、由良兄の悪魔的クレバーさを思い出す。

背中を伝う脂汗が冷や汗に替わりそうだ。

「ああ、うん、そうだよな……存じ上げております」

「高校のとき、試験にはいつも兄貴が俺のフリして学校行って、俺の代わりに試験を受けてました。だからあの進学校でも俺の成績は常に上位だったんです」

「え」

「兄貴の都合が悪くてどうしても身代わりになれないときは、さすがに俺自身がテストを受けたけど、そのときは必ずと言っていいほど赤点を取ってました。0点も珍しくなかった。で、追試を兄貴に行ってもらって、まさに別人のような好成績を取る、と」ペットボトルの蓋《ふた》を、力をこめて閉める。「それをやるたび、周りは不思議がったもんです。こんなにいい点が取れるならどうして本試でやる気を出さないんだ?ってね。問題は、俺にやる気があるかどうかではなく、試験を受けるのが兄貴か俺か、というところだったんですけどね。三年間、そのことには誰も気づかなかった」

「……………」

「大学入試のときも、学科試験は兄貴に行ってもらいました。もちろん実技試験は俺が行って」

言葉を無くしてぽかんとしている俺の顔を横目で見やり、

「冗談です」

……あ。

ちょっとホントかと思っちゃった……

真に受けかけた気恥ずかしさもあり、俺は「ハッハッハ」と、オーバーリアクション気味に笑った。「そうだよな！　お前ら双子がどんなに似てるからって、それはさすがにバレるよな！　うん、いくらなんでも！」

「いや、意外とバレないもんですよ」

「へ？」

由良はクスと微かな笑い声を漏らした。

前言撤回。やっぱ中身も似てるかもしれん、この双子。

と、そこへ。

「ハルさんじゃん、あれ」「ホントだハルさんだ。おはよう」

正門に向かって歩いてきた、女子学生二名。

同じ阿武隈《あぶくま》ゼミに所属する八坂《やさか》と桂《かつら》だった。

手招きされたので、由良に一言断って、彼女らのほうへ向かう。

ちゃきちゃきした色白茶髪が八坂で、おっとりした小柄なおだんご頭が桂だ。この二人はたいへん仲がよく、何かっちゃ一緒にいる。

「何やってんだ、こんな朝早くに」

「何やってんだはこっちのセリフだけど」「うちら、美祭運営委員なの。今日はミーティングだよ」

十月末に三日間開催されるうちの学園祭、通称「美祭」は、規模が大きく、外部からも多くの客が訪れ、毎年かなりの賑《にぎ》わいとなる。そこはやはり美術大学なので、創作活動には本格的かつ徹底的に凝るから、企画にしても展示にしても、いちいち見応えがあるのだ。質量共に一般大学とは一線を画すと自負して憚《はばか》らない、我が校の自慢の一つである。メインイベントとなる仮装パレードなどは、近隣住民や行政の協力を得て、キャンパス近くの商店街を中心とした数キロを延々練り歩くというもので、かなり大々的なプロジェクトになる。これには地元のテレビ局や新聞社なんかもよく取材に来る。奇祭扱いされてる気がしないでもないが。

で、これを取り仕切るのが、学生有志で組織される美祭運営委員会である。

「美祭の準備は夏休みから本格化していくもんな」

「そう。運営委員会のメンバーは、ほとんど毎日ガッコ来てるよ。っていうか、ねぇ、ハルさん」八坂がいきなり声を落とした。「あれって、由良彼方だよね？」

露骨には示さないが、正門前にしゃがみこんでいる男にピントを合わせる。

俺も小声で応じる。「ああ」

「えー、うッそ」「ほらね、ほらね」「ホントに美人だわ」「でしょ」「でも髪はそんなにひどくないじゃない、普通だよ」「そうねぇ、今日は普通だ」

はしゃいでいる。しかしそれは、いい男を、というより、珍獣を発見したかのようなテンションであった。

「なんでハルさん、あの由良彼方と行動を共にしてるの？」「ハルさんとはどういうお仲間？」「これからどっか行くの？」「あの人、カノジョいるのかな？」

一気に質問が来た。バスケサークルの先輩に頼まれて彫刻家・狩野壱平先生のところで泊まりがけのアシスタントをすることになった、ということを、とりあえず順を追って説明。カノジョのことは知らん。

すると八坂と桂は顔を見合わせた。「狩野壱平って、あの」「そうだよねぇ、あの」

「なんだよ」

「何って……あー、そっか、ハルさんは去年ガッコにいなかったから」「そうだ、知ってるわけないんだよ」

「狩野先生ってやっぱ有名なのか？」

八坂はウフフと肩をすぼめた。「いーや、決して有名なわけではないよ。知る人ぞ知るってカンジだね」

「というと？」

桂がズバリと言う。「狩野先生は同性愛者なんじゃないかって言われててね」

予想だにしない方面の情報に軽く動揺。

……いや、しかし、

「そんなのは、各人の自由じゃないかね」

冷静を装って言ったら、

「もちろんそうだよ」「っていうか普通の同性愛者なら別に噂《うわさ》にはならないし」

けろりと返された。

「じゃあなんだよ」

「まぁ最後まで聞きなさいって」「狩野先生には、この上、ちょっとアレな噂があるの」

「どんな」

「狩野先生のアシスタント募集ってね、去年の夏もやってんのよ。やっぱり男子ばっか何人か集めてさ」「でね、その中の一人が、アトリエから帰ってきた直後、トラックにはねられて死んじゃってるの」

「死んだ？」

それは穏やかではない。

しかし、

「それと狩野先生とどう関係あるってんだ」

「だから最後まで聞きなさいって」「死んだのは、油画科《アブラ》の、ええっと、白谷《しろたに》くんとかいったかな。彼が轢《ひ》かれたときの状況ってね、ちょっと不自然だったんだよ。事故が起こるはずのないところで事故ったからさ、これは自分から飛び出していったんじゃないかって」「つまり、自殺じゃないかって言われてて」「その白谷くん、狩野先生のアトリエから戻って以降、ちょっと様子がおかしかったんだって」

「……ええ？」

「だから、もしかして、アトリエで生きてるのが辛くなるほどひどいことをされたんじゃないか、それを苦についフラフラとトラックの前に出たんじゃないかって」「じゃなきゃ自殺なんて考えられないような人だったんだよ。顔カッコいいし友だち多いし絵もうまくて将来有望だったし」

ドン引きしている俺の肩をポンポン叩《たた》きながら、八坂が「まぁあくまでも噂ですから。事故と自殺の区別ってつけにくいらしいし」と無責任なことを言う。桂も「そうそう」と悪気なさそうに微笑む。「どっちにしてもハルさんが狩野先生のところに行ってお手伝いするのに変わりはないわけだから」

「お前ら、エグい」

「何それぇ」「女の子に使う形容詞じゃないよ」

俺がさらに反論しようとしたとき、八坂が腕時計を見やって「あ、やっばい、遅刻しちゃう」

桂が俺に目配せする。「ごめん、ハルさん。うちらもう行くね」

「え、ああ」

「じゃ、アシスタント頑張ってね。暑いから体には気をつけて」「今の話はあんまり気にしなくていいよ。ゴシップ好きな女子の妄想が混ざった愚にもつかない噂話とお聞き流しください」「でも何か分かったことあったら話聞かせて」「自分のケツは自分で守りなよ」キャハハハ！　やぁだ！　だってそーじゃん！　くすくすくす。

……やっぱりエグい。

じゃーねぇ、とミュールをコッコッ鳴らして去っていく女子二人。

それを見送り、俺も由良のところに戻った。

「まったく」とか「困ったもんだ」とかムニャムニャ言いながら、元いた場所に再びしゃがみこむ。

心を無にしようと努めるが、やはりいろいろ考えてしまう。だってまさか、狩野先生にあんなスキャンダラスな話がついてるとは思わないし。……油画科の白谷くん、か。え、何、生きてるのが辛くなるほどひどいことされたかもしれないって？　それを苦にした自殺かもしれないって？　うわあぁ。エグい。いや、それ以前に、あいつら、デリカシーがない。人が死んだ話をオモチャにしてはいけないだろう。妄想が混ざった愚にもつかない噂話であるにしても。ん。ちょっと待て。そういえば、利根さんは？　彼はこの噂を知っていたのだろうか？　あッ、もしかして、「女子に行けとは言えない」というのは、この件をほのめかしていたのか⁉……

いろんな考えが駆け巡って頭がグラグラする。胃はキリキリ痛む。

……ダメだ。もう考えるのはよそう。俺はからかわれたのだ。あの女子二人は俺の腰抜けな性格をよく知っている。俺の反応を見て面白がってるだけだ。こういうのは気にしたら負けだ。

と悟ったところで、新たなメンバーが到着した。彫刻科一年の最上《もがみ》くん。小柄ながらもデカい声で「よろしくお願いしやっす！」と体育会系の挨拶《あいさつ》をする、人懐っこそうなあんちゃんだった。

その後間もなく、犀もやってきた。薄手のパーカを羽織った彼は、フードを深々とかぶり、挨拶もそこそこに「なんでこんなに暑いんだ」と唸《うな》るような声で不平を述べた。

「そりゃそんな長袖《ながそで》着てたら暑いだろうよ」

「いや、俺、日焼けしない体質で。油断すると火傷みたいになるから」

「へぇ」

「我ながら軟弱っぽくてヤなんだけどな。体質だし、どうしようもない」

こうして、今回アシスタント作業に行く学生四人が揃《そろ》った。

で、最後にやってきたのが、犀のいとこであり彫刻研究室助手の高梁千華子《ちかこ》さん。

「ごっめんごめん！　遅れちゃったー」

と、悪気のない笑顔で元気に走ってきた。

「十五分の遅刻だ」と不満げに言ったのは、犀。

「怒んないでよカズくん」

「学生に注意されてりゃ世話ないな」

ずいぶん親しげだ。いとこってのはホントなんだな。

そう言われてみれば、カズくん（笑）と高梁助手、顔立ちの系統が似てるような気がしないでもない。

そうそう。いとこ、といえば。

駐車場に移動する途中、俺は由良に「なぁなぁ」とヒソヒソ声で近づいた。「あのさ、俺さ、この前やっと『gAme』買えたんよ」

由良は大して感謝してなさそうな顔で「お買い上げどうも」と言った。

話題のグラビアアイドル・Aのファースト写真集『gAme』は、発売開始以降、怒《ど》涛《とう》の売れ行きで、しばらく入手困難になっていたのだが、最近ようやく重版分が出回り、手に入りやすくなった。

で、このAというのが、由良兄弟のいとこなのである。

何かしら迷惑がかかってはいけないので大っぴらに話題にしないが、でもやはり、恩恵に与りたい。

ヒソヒソ声で下手に出る。「でさ、Aちゃんってさ、サインとか嫌がる？」

「サインくらいなら全然すると思いますけど」

「じゃあさ、悪いんだけどさ、サインもらってきてくんねぇ」

「ミーハーなんですね」

「だってお前、お前はいとこだから有難みが分からんかもしれんが、Aだぞ？」

「何がいいんですか、あんなぶんむくれ」

「カッワイイじゃん」

などと言っていたら、すでに車に乗りこんでいた犀に「早く乗れ！」と怒られた。

高梁助手の運転するワンボックスカーの中でも、俺はやっぱりグダグダと思い悩んでいた。

八坂＆桂ペアよりもたらされた不謹慎な噂について。

俺はこの噂をついさっきまで知らなかった。昨年度休学してアジアをふらふらしていたから、知る由《よし》もない。

他の三人は、知っているだろうか。

由良は、興味のないことには徹底的に無関心なタイプだろう。こんなゴシップに関心を示すとも思えない。最上は一浪しているらしいが一年生だ。去年学校で起こったことなど知らないに違いない。

では、犀は？　彼は油画科だ。白谷くんのことを知ってるのではないか？

しかし犀は、いやなことはその場ではっきりいやと言うタイプだ。妙な噂があると知っていたら、泊まりがけのアシスタント作業になんか参加しないのでは？

ってことは、知ってるのは俺だけ？

俺がしっかりしなくっちゃ？……

なんてことを考えている間にもワンボックスカーは進む。

人家やコンクリートばかりだったウィンドウの外の景色が、グラデーションのように徐々に移り変わり、やがて木々と岩ばかりになっていく。日本は、緑という色のバリエーションが、他の国より多い気がする。

山間の細い道に入り、でこぼこした半舗装道路を危なっかしく進み、そして、見上げても見回しても濃厚な緑が幾重にも連なる麓《ふもと》の山道口で、ようやく停まった。ここから先は、道が狭いので車が入れないのだという。狩野先生の住居兼アトリエまでは、徒歩で行くことになる。

高速道路も使って、学校から一時間弱。いかにも山の中だが、下の町までは車で十分かからないくらいだという。

学生四人は各自荷物を担いで車を降りた。

外に降りた途端、噎《む》せ返るような濃厚な緑のにおいが鼻腔《びこう》に満ちた。蝉の声が重なって響いて、騒がしい。でも街中よりは断然涼しい。

「じゃあみんな、気をつけてね。先生によろしく」

そう言って、高梁助手はワンボックスカーを駆り、ブロローと去っていった。

俺は細い山道を見て、そっと息をついた。「まさかハイキング付きとはね」

「ちょっと歩くだけだよ。すぐそこだ」と犀が歩き出す。

他の三人も続いてぞろぞろと歩き出す。

道なりに辿ると、いくらも行かないうちに民家が見えてきた。別荘然としたログハウス風の二階建てで、表札にはちゃんと「狩野」とあった。

犀が代表して玄関のインターホンを押す。

が、返事がない。

間を置いて何度か押してみるものの、やはり反応がない。

なんとも重苦しい空気が立ちこめ始めた。

「まさか、留守じゃないですよね」最上が不安げに呟く。

犀が首を捻《ひね》る。「今日の午前中に伺うって連絡はしてあるはずなんだけどな」

「ここって住居だろ。アトリエのほうにいるんじゃないかな」

「アトリエどこだろう」

「ちょっと待った、様子見てくる」と俺は玄関前を離れた。

家の横手に回って覗いてみると、裏にも建物があるのが見えた。あれがアトリエなのかもしれない。みんなと作戦会議をするべく、玄関前に戻る。しかしそこには、犀と最上しかいなかった。由良はどこへ行ったのだと首を巡らせて捜してみれば、彼は、来た道を少し戻ったあたりで、歩道から逸れて草むらに踏み入っていた。

「何やってるんだあいつ」

「さぁ」

由良は、腰をかがめて何かに集中していた。が、ある瞬間、パッと素早く動いて草むらに手を突っこんだ。ガサガサッと何かが茂みの中で激しく動く。

草を踏み分け戻ってきた由良が、その右手にぶらんとぶら下げているのは、体長一メートルを超える大蛇であった。

「ギャ――!」と叫んだ犀はものすごい速さで後退した。

腰を抜かしそうな最上と並び、遠巻きに抗議する。

「何それ、うッわ、でっけェ!」「捨てろボケー! 捨てろー!」

　しかし、けろりとして蛇を掲げてみせる由良。「大丈夫、青大将だし」

「種類関係ねェ！」「早く捨てろー！」

　俺も、身を引き気味にしつつ、由良にぶら下げられている蛇を見た。犀や最上のように極端な拒絶反応は出ないが、しかしやはり、進んで触りたいとも思わない。鱗《うろこ》にびっしり覆われたうねうねと長いばかりの胴は、やっぱり気持ち悪い。

「なんでそんなの捕まえたんだよ」

「鱗を観察したかったので」

「鱗を？」

「もう何枚か描いてるんですけど、思うようにいかなくて」と蛇の胴体を掴《つか》み、目の高さまで掲げて、しげしげと眺める。「やっぱ写真だけでは質感は分からないから」

「なるほど……というか、なんでお前そんな平気そうなの」

　質問の意味が分からないとでも言いたげに、由良は目を細める。「たかが蛇くらいで」

「蛇をたかがと言える現代っ子はそうそういないと思うけどな」

　当の青大将はといえば、さっきからロクな抵抗もせず、だらりと脱力して、されるがままになっていた。危害を加えないことが分かっているのか、それともすでに観念しているのか、はたまた由良が動けなくなるツボでも押さえているのか。

……よく見ると可愛いお目々してるな、こいつ。

まぁでも触ってみたいとは思わんが。

青大将の胴をとっくりと観察して満足したらしい由良は、腰をかがめ、路傍に青大将を放してやった。青大将は、一目散、するするする……と下生えの中に分け入っていき、たちまち気配さえ消した。

犀と最上が恐々とした足取りで戻ってくる。

由良が、青大将の消えた先を見つめながら呟いた。「このへん、蛇が多いみたいだ」

最上は「ヒイイ」と震え上がった。「聞きたくなかった、そんな話は！」

「いや、でもそこの石垣なんかは特に……あ、ほら。顔出した」

犀と最上は軒下まで遁走《とんそう》した。脱兎《だっと》の如く。

それを見送ってから、由良は、塀代わりの石垣をこつんと軽く蹴《け》った。「蛇の巣になってるんだろうな。こういう石の隙間は涼しいんでしょうね」

「ぞっとしないな。でも人前にわざわざ出てきたりはしないよな？」

「どうでしょう」

そのとき、ふと、視線を感じた。

振り返る。

わずかに開いた玄関扉の隙間から、誰かが片目だけを覗かせていた。俺たちの様子を、無言で窺っている。

胃がキュッと縮んだ。

俺と目が合ったためか、顔が見える程度に扉を開けた。中年の女性だった。そして、警戒心を隠さぬ低い声で訊いてきた。

「どちらさま」

そこでようやく女性の存在に気づいたらしい犀が、一歩前に出て、自分たちの身分と来訪の目的を告げた。

すべてを聞き終えて「ああ」と頷くと、ようやく女性は扉を開け放った。犀が率先して尋ねる。「狩野先生の奥さんでいらっしゃいますか」

「そうです」

えっ。

なーんだ、奥さんいるんじゃん！

俺は心底ホッとした。

やはりあれは根も葉もない噂だったのだ。

八坂&桂め。やっぱり俺をからかったんだな。

犀が如才なく言う。「僕たちが今日伺うって話は、お聞きになってますよね」

「もちろん」と、ほがらかな笑顔で頷く。

まともに対面すれば、これといった変哲のない普通の中年女性だ。ゆるいパーマのかかった肩までの髪。身に着けているものはシンプルながら所帯臭さがない。

扉の隙間からジッと見られていたのにはビビったが、でも、こんな山の中でひっそりと作品を制作し続けている彫刻家の奥さんなのだから、ちょっとくらい変わり者であってもおかしくない。

気がかりが晴れたせいだろうか。なんか楽しくなってきた。

奥さんもニコニコしている。「まぁ、四人も集まってくれたのね。助かるわ。こんな山の中までわざわざ来てもらっちゃって、悪いわね」

「それで、狩野先生はどちらに」

「こっちよ」と言う奥さんの後に、学生四人ついて歩いた。

裏に建っていたのは、やはり狩野先生のアトリエだったらしい。ログハウス風の母屋とは完全に別棟になっていて、一階建てだが、敷地面積だけなら小作りな母屋よりも広そうだ。全体はバラック小屋のように無骨だが、扉だけはレモンイエローで可愛らしい。

「ちょっと待っててね」と言い置いて、奥さんは一人、アトリエに入っていった。

そのうち、中からボソボソと話し声が聞こえてきた。

アトリエの前で突っ立っている学生四人は、どうにも所在無い。

耳のそばを力強い羽音がかすめたので、蜂《はち》か虻《あぶ》と勘違いして思わずのけぞってしまったが、なんのことはない、ただの蝿《はえ》だった。

山の蝿はよく肥えている。

やがて、アトリエから、今度は中年男性が姿を現した。黒縁の分厚い眼鏡をかけていて、奥さんよりも背が低い。顔や胴はたるんと水太りしているのだが、首筋や半袖のポロシャツから伸びる腕、それに足は、やけに細くて、なんだか全体的にアンバランスな印象だった。

俯《うつむ》き加減にぼそりと一言。

「このたびは、どうも」

ということは、こちらが狩野壱平先生であろうか。

……なんか、思ってたカンジと違うなぁ。先入観とはまた別の次元で、違和感があった。思わず「あれ？」と首をかしげたくなるような、この人物にあって然るべき何かが足りないような。それがなんなのかというのは、うまく説明できないけど。

顔を上げないまま、先生がぼそぼそと言った。「じゃあ、作業してください」

そして、アトリエを後にし、母屋のほうに入っていってしまった。

えっ、どこ行くの？　先生から一言、みたいのはないわけ？　「よく来てくれたね！」とか「待ってたよ！」とか、そういうのは……ないんですね。心がこもってなくてもいいんで、意気込みとしてなんか一言欲しかったな。

小中学校のとき、行事の冒頭でいちいち「校長先生のお言葉」みたいのがあって、当時は「いらねーだろ」とか反抗的なことを思ってたけど、あれって大事だったんだなぁ。日常とのケジメをつけるっていう意味で。今こんなこと悟ってどうなるわけでもないが。

まぁここは「こういう先生なんだから」と思って従うしかない。

アトリエ内にいた奥さんに促されたので、お邪魔する。

かつて鶏小屋であったものを改築した物件だそうで、やたら広い。鉄骨の梁《はり》が剥《む》き出しになった天井はそこそこ高く、アトリエとして使いやすそうではあった。ただし、冷暖房が設置されてない。あったとしても、広すぎるから効き目がないのだという。

物が多く、雑然としていた。ガラクタとしか見えないものがぞろぞろと並べられていた。また、人間の頭部ほぼ原寸大の塑像《そぞう》が、作業台の上と言わず下と言わず、あらゆる場所に無数に置かれていて、ちょっと不気味である。カーテンで仕切られた一角には、ラグが敷かれ、ソファが置かれていたりミニキッチンがあったり、なかなか快適そうなスペースになっていた。モデルさんが来たときなどは、ここを休憩所にするのかもしれない。

そして、学生四人を前にして、奥さんが言った。

「あなた方には、ここにある頭像を、石膏《せっこう》取りしてほしいの」

犀が首をかしげる。「どれとどれを、ですか」

「全部よ」

全部!?

学生四人は一様にギョッとして奥さんを見やった。

「ここにある頭像、全部、ですか」

「ええ」

「台の上にあるのとか、床に直置きしてあるのとか、あそこの棚《たな》のとか」

「全部よ」

って言われても。

俺たちが今立っている周辺に置かれている分をざっと見るだけでも、四十体は下らない。奥の棚に並べられている分を含めると、さらに倍になるだろう。

それを、四人で、すべて石膏取りしろって？

奥さんはお構いなしに続ける。「この部屋の中にある粘土の頭像を、全部、石膏取りしてくれればいいわ。この部屋にある分だけでいいから。隣の倉庫には手を出さなくていいから。石膏取りなんて誰がやっても同じなんだし、大丈夫よね。やり方は分かるわよね、美大の学生さんなんだから」

「分かりますけど……あのう」最上がおずおずと訊いた。「狩野先生は、何を」

「母屋の作業室で、別の塑像を作ってるわ」

「そちらのお手伝いは」

「いいの」

きっぱり言うなぁ。

しかし最上も念を押す。「でも、腰を痛めてるんじゃ、大変じゃないすか？　心棒を組み立てるにしても、粘土こねるにしても、何かと不自由なんじゃ」

「いいのよ。粘土触ってるときは一人きりにしたほうがいいの」

「……そうすか」

そう言われちゃあ、どうしようもない。

奥さんの注文は続いた。石膏はそこに積んであるのを上から開けて使ってね。アトリエ内にあるものはなんでも使っていいから。トイレは外にあるから。何か用があって母屋に来るときは表玄関から来てね。などなど。

そして、「じゃあお願いね」を捨てゼリフに、慌ただしく立ち去ってしまった。

……うーん。何か釈然としない。

大体、なぜ奥さんが指示を出すのだ。狩野先生はどうした、狩野先生は。

学生四人は、しばし、唖然《あぜん》としていたが。

犀がふーっと息を吐いた。「こりゃ、相当骨が折れるぞ」

「多少の無茶は言われると思ってたけど、まさかここまでとは」「すごい量だよな。こりゃ腰痛めた人には無理だわ」「いやこれ腰痛めてなくても無理だろ」「三泊で終わるかな」「つーか、これ、いつまでに終わらせなきゃならんのだ。期日を教えてくれ、期日を」

などなど、疑惑や不満を出せばキリがないが。

「とにかく、始めなきゃ終わらないな」と、犀は荷物を床に下ろし、アトリエを見回した。「まずは片付けよう。四人が作業できるスペースを確保しないと。石膏取りするんだったら床に新聞紙敷いて、ビニールで幕も張らなきゃ」

ＨＯＷ　ＴＯ　石膏取り　～頭像の場合～

一、粘土で作った像（塑像）の後頭部に、切り金を入れて窓を仕込む。

二、水で溶いた石膏（石膏液）を、塑像全体に手早く満遍なく振り掛ける。ある程度の厚みになったら針金で補強し、さらに石膏液を塗りつける。

三、硬化したら、切り金を削り出し、窓部分を開けて、中の粘土を掻き出し心棒から取り外す。これが雌型《めがた》となる。

四、雌型の内部を洗い、乾いたら、石鹸液《せっけんえき》（離形剤）を流しこんで充分に浸透させる。窓を元の位置にはめこんで固定する。

五、底から石膏液を流しこみ、一定の厚みで硬化するようゆっくり回転させる。補強材を入れつつ、これを繰り返す。

六、石膏液が完全に硬化したら、たがねや木槌《きづち》などで外側の雌型を割り、雄型《おがた》を取り出す。

※　塑像の形状、石膏の状態、作業環境などによって方法は若干変わってくるが、

そこは臨機応変に。

こういうことを制作者である狩野先生抜きでやろうってのがそもそもおかしいのだが……でも、先生は新規の制作に集中しなきゃいけないという事情があるから、アシスタントだけで作業っていうのも致し方ないことなのだろう。

学生四人は、作業用のツナギに着替えていた。

一番汚れているのは、やはり、油画科の犀であった。絵画系はツナギで筆を拭《ふ》いたりするから、これはもう汚れというより、制作に明け暮れているという証であると言える。同じ絵画系でも、日本画科・由良のツナギは意外なほど汚れていないが、これは単に由良がエプロン派だからであろう。汚れの具合だけで言えば、俺のツナギのほうが年季が入っていた。製品デザイン専攻では、溶接や塗装の課題があるので、どうしても汚れるのだ。彫刻科の最上は、よく見ればかなり頑固に汚れているものの、ツナギが薄いグレーなので埃《ほこり》っぽい汚れはあまり目立たない――

と、ツナギだけでも割と個性が出る。

休憩は、きりのいいところで各自が勝手に取ることにした。とはいえ、夏の山中ですることもないし、母屋にわざわざ行く用もないので、カーテンに仕切られた休憩スペースで、ダラダラするばかりだった。つまり俺たちは、外付けのトイレに行く以外でアトリエから出ることは、ほとんどなかった。

冷房はなかったが、風通しがいいため、アトリエ内が蒸し風呂《ぶろ》になるということはなかった。ただ窓を開けっ放しにしているので、虫はバンバン入ってきた。これでカブトムシとかクワガタが来てくれたならこちらのテンションも上がるのだが、実際に飛びこんでくるのは蝿とか名前のよく分からん細かい羽虫ばかりだった。


扉とブレイクタイムが鉢合ったとき、思い切って、しかしこっそりと訊いてみた。狩野先生の同性愛疑惑と、白谷くんの死の噂について。

「あっはっは！　ハルさん、そりゃねーわ」

「だ、だよなぁ――」

「狩野先生、奥さんいるし」

「ですよねぇ」

爆笑したためにずれた眼鏡の位置を直す。「同性愛者の中には社会的カモフラージュのために異性と偽装結婚するって人もいるらしいけど、狩野先生は違うと思うぞ。あの人、若い男が好きっていうより、どっちかっていうと、苦手にしてるというか、怖がってそうじゃん」

アトリエ前でお目にかかった狩野先生の姿を思い出してみる。会話らしい会話はなかった。目も合わなかった。怖がっていたかどうかは分からないけど、確かに、こちらに気圧《けお》されてるような風情ではあった。

犀はクツクツ笑った。「しかし、真《ま》に受けるかなぁ、そんな噂」

「面目ない」

「まあ、狩野先生が去年の夏もアシスタント募集したってことと、白谷がそれに参加したっていうのは、ホントらしいけどな。でも自殺ではないよ」

あ。

死んだっていうのはホントだったのか。

「犀は、その……知り合いだったのか、白谷くんとは」

「人数の多い大学じゃないからな、同じ学科の同じ学年なら顔見知りにはなる。特に親しいわけではなかったけど」

「そうか」

「全体像がはっきり見えない二つの事柄を、それらしい物語になるように結び付けてしまう気持ちは、分かるけどね。時期もうまいことかぶってるし——それに、ほら、山中のアトリエって、いかにも怪しいじゃん。殺人事件の舞台とかになりそうだし、中でどんな作業やってるかも分からないし」

「そうだな」と頷いてしまってから、やはり不謹慎だったと後悔した。

知らぬこととはいえ。

心の中で狩野先生と白谷くんに詫《わ》びる。


「ちょっと言っていいすか」

と発言の許可を求めたのは最上くんであった。

作業開始から数時間経過。壁にかかった時計の針は午後の二時を指していた。

議長口調で「なんだね」と促してみる。

「食事ってどうすればいいんでしょうか」

と言った途端、最上の腹がグウと鳴った。可哀想な音だった。

「俺も実はさっきからそれが気になっていた」

ちょうど作業が終わるところだったので「休憩がてら、訊いてくる」とアトリエを出た。

奥さんに釘《くぎ》を刺されているので、裏口ではなく、表玄関に回る。

母屋の風通しをよくするためか、玄関扉が半分ほど開いていた。

隙間に顔だけ突っこんで、すみません、と呼びかけようとしたとき、奥の扉の向こうから人が動く気配と話し声が、途切れ途切れに聞こえてきた。

「……アトリエにはなかったから、……んだ」

「本当に……も捜した？　せっかく……」

「パソコンは……だろう。送るとしたら……」

「もし……に、……見つかったら……」

狩野先生と奥さんだ。

捜し物でもしているんだろうか。

言っておいてくれたなら、こっちでも捜すのに。

改めて声をかけようとした矢先に、奥の扉が開いて、夫妻が姿を現した。

「あ、先生――」

「何やってるんですか！」

身のすくむような大声だった。

びっくりしている俺に向かって、狩野先生は頰《ほお》と腹の肉を揺らしながらズンズンと足音も高く寄ってきた。ものすごい剣幕だったから、殴りかかられるのではないかとさえ思った。

俺の目の前に立ちはだかるようなところで止まり、狩野先生は唇を震わせながら言った。「そんなところでコソコソと何をやってるんですか！」

こんな反応をされるとは思っていなかった俺は、動転してしまって、この場をやり過ごせるような口上がうまく思いつかなかった。バカ正直に用件だけを述べる。

「あの、伺いたいことがあって」

奥さんもヒステリックな声を出す。「チャイムを鳴らせばいいじゃない！」

「それは……扉が開いていたので」

「どうだか！」「油断も隙もない」

夫妻の畳みかけるような悪態に、さすがにカチンと来た。

あんまりな言い草だろう。人を泥棒みたいに――

反論したかった。言い負かす自信はあった。が、グッと呑《の》みこんで堪えた。

まだ初日だ。揉《も》めたくない。

俺は頭を下げた。「悪気はありませんでした。すみませんでした」

素直に謝られて頭が冷えたか、先生は深く咳払《せきばら》いをした。普段ボソボソ喋る人が慣れない大声を出したせいで喉《のど》が嗄《か》れたようでもあったし、取り乱したことを恥じているようでもあった。

「で、なんの用ですか」

「あの……俺たち、食事はどうすればいいのかな、と」

奥さんが何やらブツブツ文句じみたことを言いながら部屋の中に取って返した。素早く戻ってきた彼女が俺に押し付けたのは、一万円札一枚と、下の町にある中華料理屋のメニュー表であった。

……まぁ、食費出してくれるだけマシか。

礼を言って母屋を出る。

アトリエに戻る道すがら、腹の底から溜《た》め息が出た。

落ち着け、と自分に言い聞かせてはみるが、やはり動揺してるしヘコんでいる。

なんだったんだ、今の。理解できない。

俺はあんな悪し様に罵《ののし》られなきゃならんほどのことをしたか？

くそ。

正直、俺は、あのくらいの歳の男性が苦手だ。つまり、布施《ふせ》正道《せいどう》世代が。表面上は他と分け隔てなく接しているように見えるかもしれないが、内心、感情的にならないようにずっと気を張っている。だから、かなり疲れる。俺にすごくよくしてくれる柏尾さんに対してさえ今一歩踏みこんでいけないのは、きっと、このへんが起因している。

それを自覚したのは、本当に最近のことだ。今までは「自分がそんなこと気にしているはずがない」と見栄を張って、無意識のうちに否定していたけど——六月、海に近いあの町で、布施正道に関するアレコレと向き合ったときから、俺は自分が抱えている未熟で見苦しいコンプレックスさえも直視しなくてはならなくなったのだ。自分ではどうにもできない、これが布施正道の置き土産ってわけだ。置き土産なんかくれなくても忘れたりしないってのに。

もう一度溜め息をつくと、胃にピリッと痛みが走った。……あー、来たよ。いつものヤツが。ホントにいっぺん医者行かなきゃダメだな。

食事は、十四時と二十時の二回、店屋物で済ませた。

陽が暮れた後も、学生四人は黙々と作業を続けた。初日でペース配分が掴めなかったということもあり、ちょっとオーバーワーク気味であったことは否めないが、我ながら、ずいぶん真面目な勤務態度だったと思う。

狩野先生も奥さんも、アトリエに顔を出すことはなかった。

そうこうしているうちに、やがて、日付が変わった。


【八月三日】


「俺は寝る」

夜もとっぷり更けた頃《ころ》、犀サマが宣言なさった。

きょとんとしている三人のことなどお構いなしに、犀サマは黙々と椅子《いす》を三つ横に並べ、枕《まくら》代わりのクッションを設置。

「俺は徹夜はしないと決めてるんだ。お先にログアウトさせてもらう」

スチャッと眼鏡を外し、スチャッと横になると、たちまちのうちに寝息を立て始めた。余人に止める隙を与えない、実に鮮やかな寝入りであった。

俺は作業する手を止めぬまま、後輩二人のほうを見た。「だそうです」

「いいじゃないですか」と言ったのは由良。「眠気を我慢して無理に作業しても、効率が悪くなるだけです。ミスにつながっても困るし、もうダメだと思ったら、潔く寝ることにしましょう」

「うん、まぁ、そうだな」

「というわけで俺も寝かせていただきたい」

「えっ」

「ちょうどキリのいいところなんで」

手早く片付け、由良はふわふわした足取りで休憩スペースに移動。ラグの上にあった物をよけ、ヒト一人が寝られるスペースを確保すると、自分のリュックを枕にしてバタッと横たわった。

「由良がログアウトしました」

「……俺はもうちょっと頑張りますんで」と最上が苦笑い。

「それにしても、これ、ホントひどい職場だよな。シャワーも浴びさせてもらえないし、布団も用意してもらえないなんて。労働基準法がログアウトしてるぜ」

ついでに言えば狩野夫妻の常識もログアウトしてるよな、という愚痴は俺の心の中だけに留めておく。

「ホントですよね。俺たちの人権もログアウトですよ」

しばらくの間、「ログアウト」が俺と最上の流行語大賞であったが、数十分後、作業に区切りがついたところでついに最上も「ログアウトさせてください」と言い残し、気絶するように眠りについた。

　人間の頭部をかたどった像がゴロゴロと散乱するアトリエに、ツナギ姿の野郎どもが累々と横たわっている……

　とんだ地獄絵図だな、こりゃ。

　とにかく、俺一人になってしまったのでは、作業続行はできない。情けないことではあるが、俺の技量では不測の事態が起こっても対応できないのだ。つまり、起きていても仕方ない。俺も明日の作業に備えて寝てしまったほうがいい。しかし、なぜか眠くならなかった。

　他三人の熟睡っぷりは、羨《うらや》ましいほどであったが。

　このアトリエ内でもっとも寝心地がいいはずのソファが空いているのは、最年長の俺（五年生）に対する他三人の気遣いであろう。みんなの気持ちを有難く受け取ることにする。アトリエの電気を最小にして、俺はソファに寝転がった。しかし、やはりどういうわけか寝付けない。俺は、枕が替わった程度で眠れなくなるようなことはないはずなのだが。

　暇《ひま》ができたら読もうと思って購入しておいた雑誌をカバンから引っ張り出し、読むことにする。ソファのそばにあるスタンドライトをつける。細かい字を見ていたら眠くなるんじゃないかと期待していたが、好きなクリエイターの記事があるのを見つけてしまい、夢中になって読んでいたら、気づいたときには結構な時間が経ってしまっていた。これはさすがにいかんなと思い、雑誌を閉じて、スタンドライトのスイッチに手を伸ばした――

突然、誰かが飛び起きた。

何事かと驚いて顔を上げると、スタンドライトのぼんやりした灯りでもそうと分かるくらい顔面蒼白《そうはく》になった由良が、アトリエを飛び出していくところだった。

「えっ」

呆気《あっけ》に取られる。

直後、外から、由良がひどく深く咳《せ》きこんでいるのが聞こえた。

嘔吐《おうと》している。

「……えーっ」

他の二人を起こさないよう気を配りつつ、俺も起き出し、半分開いた扉からそろりと顔を出した。

誘蛾灯《ゆうがとう》だけが灯る青い闇《やみ》の中、シルエットになった由良が洗い場のシンクに覆いかぶさり、空嘔で上体を何度も痙攣《けいれん》させているのが見えた。

吐くもの吐いてしまって、ようやく落ち着いてきたらしい。

由良は蛇口を捻って水を流した。

そして口をゆすぎ、顔を上げ、まず、俺を睨《にら》んだ。

「ゲロってる人間がそんなに珍しいですか」

……機嫌悪そうだな。

はたと気づいた俺は、そろりそろりとアトリエに戻った。適当なグラスに冷蔵庫から取り出したスポーツドリンクを注ぎ、再び外へ。

薄闇の中を、おぼつかない足取りで進む。

由良は洗い場のシンクに寄りかかって、ぐったり項垂《うなだ》れていた。

うん。吐くと体力けっこー削られるよな。

「おい。大丈夫か」グラスを由良に差し出す。「飲めたら飲め」

由良は一瞬、きょとんと目を丸くしたが、

「ども」

とグラスを受け取り、グビグビ喉を鳴らして中身を飲み干した。

飲み干す気力があるなら、それほど心配しなくてもいいんだろうけど。

「どっか悪いのか？」

「いや全然」

「じゃあ、」

「俺ぁ、家《うち》だろうがヨソだろうが、こうなんですよ。癖みたいになってて、毎日毎晩ってわけではないけど、しょっちゅうやってるんです。夏は特に多い」

「暑いのがよくないのか？」

「──それもあるかもね」フーッと深く溜め息をつく。「だから、そんな、気にしないでください。絵ェ描いてるヤツで、神経性のもん抱えてるヤツなんか、いっぱいいるでしょ。別に珍しいことじゃない」

「そう、か？」

「そうです」

そばの草むらで、虫が甲高く鳴きだした。

ヒリリリ。ヒリリリ。

別に痒《かゆ》くもなかったが、なんとなく首筋を掻く。「でも、少なくとも俺の周りには、吐くのが習慣になってるヤツなんか、いない」

「そうですか」

「吐くなんて、やっぱ、なんて言うか……ちょっと心配だろう」

医者に診てもらったほうがいいんじゃないか――

とは、さすがにお節介が過ぎるような気がして、言えなかった。

原因不明の胃痛を放置している俺だから、なおさらだ。

由良は淡々と、まるで他人事のように答える。「でもどうしようもないんですよ」

「そこまでして描かなきゃいけないわけ？」

「はい」

「しんどいだろう」

「しんどいですよ、絵を描くのは」

声は微笑《わら》っている。

誘蛾灯を背にしているので、しかし表情が見えない。

目の前にいる彼がどんな顔をしているのか、分からない――由良の正面は真っ黒い影になっているのだ。

「絵を一枚仕上げるたびに、絵にサインを入れるたびに、もうやめよう、これで最後にしようって、考える」

「じゃあ、なんで、やめない？」

「描いてても辛いけど、描かないともっと辛いから」

「…………」

「もう、そういう生き物なんですよ、俺は」

なら、
しょうがないのだろう。

描くしかないのだろう、お前は。

なんて、言うのは簡単だけど。

軽々しく言えない、そんなこと。

とはいえ、他にかけるべき言葉も見当たらず、俺は口を噤《つぐ》むしかない。

きびすを返した由良の横顔に灯りが当たって、ようやく影が取り払われたが、そこには表情らしい表情はなく、やっぱり何を考えているのかよく分からない。

「寝ましょう。明日も延々働かなきゃいけないんだから」

スタスタとアトリエに戻っていく。

俺は洗い場の前に一人取り残された。

他に動くものがなくなって、あたりは急に寂しくなる。

無音ではない。音はいっぱいある。密談するような虫の声。誘蛾灯に集《たか》る虫の羽音。姿の見えない夜鳥の歌。風らしい風なんか吹いてないのに、アトリエの周囲を取り囲む広葉樹の葉群が揺れて、がやがやとざわめいている。

それでも、うら寂しい。

夜の山だ。

誘蛾灯に照らされているのは洗い場の周辺だけ、ほんの一部分だけなのだ。改めて、自分が濃厚な闇の中に佇んでいることを意識する。人間の目で見ることができる部分より、見えない部分のほうが、ずっと多いのだ。……こんなに暗くちゃ、あの茂みの陰から誰かが息を殺してこちらを窺っていたとしても、分からないよな。

なんてことを考えていたら、怖くなってきた。

小走りでアトリエに向かう。


「ぎゃああ！」

凄《すさ》まじい悲鳴だった。

ソファの上でビクッと跳ね起き、目が覚めた。

「えっ、何、今の悲鳴、何」

ソファの上できょろきょろする。心臓がバクバク鳴って痛いくらいだった。

開け放たれた窓からは、白い陽光と緑の香りのする微風が清々しく流れこんでいる。

こんな気持ちのよい朝に、一体どんな惨劇が起こったというのだ。

アトリエ中央付近。涙目になった最上が、どういうわけか作業台の上に正座していた。俺に向かって、ブンブンと激しく首を横に振っている。

「足下ろしちゃダメ！　上げて上げて！」

「え？」

思わず、足もとに視線を落とす。

床に下ろした俺の足のすぐそばを、一匹の蛇がするすると通過していった。

「わうあッ」自分でも驚くほどの俊敏さで足をソファに上げた。

最上が扉に向かって大声で呼びかける。「由良さーん！　由良さーん！」

外で顔を洗っていたらしい由良は、アトリエに入ってくるなり俺と最上の醜態を見て眉《まゆ》をひそめた。プチパニックになっている俺や最上の要領を得ない説明よりも、床を這《は》う蛇の姿を視認したことで、状況を把握したらしい。

部屋の隅を這い回っていた蛇になんの躊躇《ためら》いもなく近づいて、首あたりを、ひょいと掴んで持ち上げた。見事な手際のよさだった。

俺と最上は安堵《あんど》とも感嘆ともつかぬ溜め息を漏らした。

「お前マジすげぇな。尊敬するわマジで」「勲章もんですよ」

「大袈裟《おおげさ》すぎる」

などと言っていたら、囚われの蛇は大きく身をくねらせ、由良の腕に幾重にも巻きつき、挙句、渾身《こんしん》の力でギューッと絞め上げにかかった。

「ぎゃああ、絵描きの利き腕がぁ！」「折れる！　折れるー！」

「こんなちっこい青大将に腕の骨へし折る力あるわけないでしょ」

再び火がついたようにギャアギャア騒ぎ出した俺と最上を尻目《しりめ》に、右腕に青大将をからませた由良はさっさとアトリエを出て行った。数分もかからずに戻ってきたが、その腕にはもう蛇をくっつけてはいなかった。

「遠くに放しましたから」

それを聞いてようやく俺と最上は床に足を下ろした。

未だに涙目の最上が首をかしげる。「なんで入ってこれたんだろう」

「どこからでも入ってくるよ、蛇なんか。屋根裏からでも軒下からでも。特にこんなバラックみたいなアトリエだから、あちこち隙間あいてるし」

俺と最上は揃って「ああっ」と掌で顔を覆った。「もう帰りたい」「ヤな話聞いちまった、朝っぱらから」

ふと、犀の姿が見えないことに気づいた。

「そういや、犀は？　ログインしてるのか？」

「一番早起きだったのは犀さんですよ」

「どこ行ったんだ」

「奥さんに車借りて、下の町に食料調達に行きました」

「ああ」

犀は、その後間もなく「一人で行くんじゃなかった」とブツブツ言いながら、両手にでかいレジ袋を複数さげて戻ってきた。朝食だけでなく、何食分かまとめて買ってきたらしい。さすが犀サマ。賢明であらせられる。

朝食を手早く済ませた学生四人は、誰からともなく作業の続きを始めた。


九時を回ったところで、最上がボヤいた。

「昨日から思ってましたけど、なんか、蝿が多くないですか」

さっきからでっかい蝿が数羽、アトリエをプンプン飛んでいる。慣れてしまって、羽音も当たり前のような気がしていた。

そう言われてみれば、多い、かな。

山の中だし多少の虫で騒ぐこともないだろうと考えていたが。

「まぁ、確かに」と、犀が言った。「外で狸《たぬき》かなんか死んでるのかもな」

「かも、だなぁ。こんなに多いとなると」

「ええ。もうヤダ。蛇とか蠅とか狸とか」

「そろそろ休憩もらっていいですか」由良が軍手を外しながら腰を上げた。「ついでにちょっと外、見てきますんで」と、扉に向かう。

その後ろ姿を見送り——なんとなく、心配になった。昨夜、暑さに弱いとかなんとかみたいな話を聞いた。こんな森の中で、一人で倒れられでもしたらコトだ。由良兄に顔向けできない。

だから、俺も腰を上げた。「じゃあ、俺も」

犀もぶらっと立ち上がった。「俺も行こーっと」

「え、みんな行くんですか。じゃあ俺も」と最上が腰を上げたが、
犀が「いや」と制した。「全員が出ると何かあったとき対処できないんで、一人は残っててくれ」

というわけで、三人が森に入った。

森林浴って言葉もあるくらいだから、やっぱ癒しの効果ってすごいんだろうな。涼しいし、緑は目に優しいし、木漏れ日はキラキラしてて綺麗《きれい》だ。

森を歩くってのもいいもんだ。

蝿さえいなければ。

「確かに、異常に多いな」と、パーカのフードを深くかぶった犀。

もー、ホント、やけに太ったのやら、ちっちゃいのやら、わんわんいる。

一歩先を行く由良が、ふと足を止めた。「臭い」

確かに、臭い。

今はまだ耐えられる程度だが、それでも、ひどく臭い。生ゴミが発酵したような、とにかく不快なにおい。

これって――

「やっぱり、犀の言う通り、狸でも死んでんのかな」

「かなぁ」と犀。「しかし、ここまで来てなんだけど、そういうのって見つけたとして、どう処理すりゃいいんだ？　蝿が湧《わ》いてるってことは相当腐ってるんだろうし、触るのいやだぞ」

「土でもかぶせとけばいいんじゃ……あ、シャベルかなんか持ってきたほうがよかったか」

振り返った由良が、口の前に人差し指を立て、しゅうと細く息を吐いた。

蛇が舌を出す音に似ていた。

俺と犀はふっと息を詰めた。

由良は自分の耳に手を当てた。聞け、というジェスチャーだ。

従って、耳を澄ます。

森は無音ではない。風が吹けば葉がこすれあう音がするし、遠くても川があれば水の流れる音がする。鳥の声もする。常に様々な音が存在している場所なのだ——しかし、今、その中に混ざって、異様な音が。

しゃくしゃくしゃくしゃく

細かいものが無数に蠢《うごめ》いてるような。

聞いててゾッとするような、気味の悪い音だった。

……なんだろう、なんか、すごくいやな予感がする。

由良は音の出所を特定したらしく、ほとんど口を動かさず「こっち」と言って歩き出した。

ザクザクと、三人分の足音が静かな夏の森に響く。

森の奥へ進むにつれ、蠅は増える。

においは増す。

視覚が、聴覚が、嗅覚が、黒く塞《ふさ》がれていく。

全身の毛穴という毛穴が詰まったような息苦しさを覚える。

いつの間にか誰も喋らなくなっていた。

そして俺たちは、少し開けた場所に出た。

樹齢数百年は経ってそうな、立派な樹がある。

その太い幹によりかかってベタッと座っているのは、人間だ。いや、辛うじて人間の形をしている、と言ったほうがいいかもしれない。衣服の色形からして男性かな、という気がするが……これも、よく分からない。顔が原形を留めていないから。

じゃくじゃくじゃくじゃくじゃく

じゃくじゃくじゃくじゃくじゃく

衣服に覆われてなくて剥き出しになっている皮膚のあちこちが、何やらフツフツと泡立っているように見えるが、よく見ればそれは、隙間が見えないほどびっしりと張り付いている灰色の細かい蛆《うじ》が、肉を求めて蠢いているのだと分かる。

人間の腐乱死体が、そこにあった。

悲鳴は出なかった。悲鳴を上げるための空気を肺に取りこむには、周囲はあまりにも臭く、澱《よど》んでいて、そして、あまりにも蝿が多かった。その羽音は、ぐわぁん、ぐわぁんと、鐘が鳴っているようですらあった。

俺たち三人は、後退るようにジリジリと来た道を戻った。アトリエに辿り着いてから、由良は警察に電話をした。扉は狩野先生のところに行った。俺は玄関脇で吐いた。

母屋から戻ってきた犀が、浮かない顔だった。

狩野先生と奥さんの姿がどこにもないのだという。


森に入った先輩三人が、深刻な雰囲気と死臭をまとわりつかせて戻ってきて、死体があったから警察を呼ぶと言い出した。その上、狩野夫妻の姿が見えないと来た——いきなりワケの分からない状況に放りこまれた最上の動転っぷりは、見ていて可哀想なくらいだった。彼は、警察が到着するまでずっと「なんなんですか」「どういうことですか」とアトリエ内をうろうろと歩き回っていた。

実物を見ていないからこそ怖い、ということもあるのだろう。

俺は、できれば、見たくなかったが。


俺にスポーツドリンクの注がれたグラスを差し出したのは、由良だった。

「立場逆転ですね」

礼を言いつつグラスを受け取る。「なんでお前、そんな平気そうなの」

するると由良は「いや、別に平気じゃないけど」と首をかしげた。「えらいことになったな、って思ってますよ」

「それで済むのがすごいよ」

ふと既視感を覚えた。

つい最近にも、同じ男と同じようなやりとりをしたような気がする。

いや、「気がする」じゃなくて、実際にしたんだ。

狩野邸に到着後、インターホンを押しても応答がなくて、みんなして困惑していたとき。由良は一人、草むらに踏み入って、眉一つ動かさず蛇を生け捕りにしていた。

そして言った。

――たかが蛇くらいで。

――蛇をたかがと言える現代っ子はそうそういないと思うけどな。

それを思い出して、俺はちょっとだけ笑ってしまった。ほんのちょっとだけ。

その後の展開は、あまりにも慌ただしくて目まぐるしかった。

ひと気のなかった狩野邸近辺が、にわかに騒然とし始めた。まず制服警官が、それからほどなくしてパトカーやら私服警官やらがやってきた。テレビドラマなんかでよく見る、鑑識課の制服を着た人たちも来た。森には黄色いテープが張られ、現場は青いシートで覆われた。

俺たち学生四人は、個別に事情聴取を受けた。住所、氏名、生年月日など基本的な身元確認から始まり、このアトリエを訪れることになった経緯、他三人の身分と関係、アシスタント作業の詳細などなど、「それ訊いてどうすんの」と訊き返したくなるようなことも含め、とにかくいろんなことを細かく説明させられた。死体を発見したときの状況も、当然、詳細に話すこととなった。あの状況のことを思い出すと、どうしてもあの腐敗臭も思い出されて、俺はまた気分が悪くなった。

警察は、死体発見と同時に姿を消した狩野夫妻がなんらかの事情を知っているものとして、その行方を追う方針らしい。彼らの印象、言動内容、最後に会ったときの様子などを、これまた事細かに訊いてきた。母屋を覗いたとき尋常でない勢いで咎《とが》められたことも、もちろん話した。

高梁助手がすっ飛んできたのは、正午前であった。

彫刻家・狩野壱平とアシスタント学生の仲介をした学校側の担当者は、彫刻研究室の高梁助手だ。おそらく学生四人全員がそう証言している。然るべく彼女も聴取を受けることとなった。

聴取から解放され、俺たちのところにやってきた高梁助手は、青い顔で「今、刑事さんから聞いたんだけど」と切り出した。

「あの死体、狩野先生かもしれないんだって」

「は？」

彼女が何を言っているのかよく分からなかった。

由良も目を瞠《みは》る。「どういうことです」

「ズボンのポケットに財布があって、保険証とか免許証も入ってたそうなの……もちろん、これから遺体をちゃんと調べて、歯形とか血液型とか、もしかしたらＤＮＡ鑑定とかして、それからでないとハッキリしたことは言えないんだけど、でも、所持品といい背格好といい、狩野先生である可能性は高いって」

そう言って、高梁助手はその場に泣き崩れた。

それは。

つまり、それは――

「……え。待った待った。ちょっと待った。それって、じゃあ、」

顔を引き攣《つ》らせる最上が、この場にいた全員の気持ちを代弁した。

「俺たちが昨日会ってたのは、誰なんですか」


直後、学生四人は再び個別の聴取を受けることになった。

まず、一枚の写真を見せられた。写っているのは一組の中年男女で、女性のほうはあの奥さんだったが、ころんと太った男性のほうにはまったく見覚えがなかった。が、どうやらこれが「本物の狩野壱平」らしい。つまりこの写真に写っているのが「本物の狩野夫妻」ってこと。それを聞かされた瞬間、俺は「もうヤダ」と叫んで目の前の刑事さんに泣いて縋《すが》りたくなったが、ホントにそれをやってしまうのは成人男子の沽《こ》券《けん》に関わるので、グッとこらえた。

狩野壱平と称していた男に関して、改めて、質問がなされた。さっきよりもさらに細かく、微に入り細《さい》を穿《うが》ち。

奥さんのほうは本物の狩野夫人らしいが、狩野壱平と称する男と行動を共にしているというところが不可解だ。彼女についても、いろいろと質問された。

狩野壱平を名乗っていた男の似顔絵作成に協力することになった。これがまた根気と集中力のいる作業で、刑事さんも大変だろうけど、俺たちもかなり消耗した。

それから、採取した現場指紋から学生のものを除外するときに必要になるということで、指紋をピシッと採られてしまった。今後の人生で俺もう悪いことできないな、と思った。する予定もないけど。


長時間の聴取の末、帰宅してよし、ということになった。

高梁助手は気が動転しているらしく、なかなか泣きやまなかったので、ワンボックスカーは犀が運転することになった。

【八月五日】


見た瞬間「すごい絵だ」と思った。

同時に「怖い絵だ」とも、思った。

夏の空を思わせる密度の高い青は、中心に向かうにつれて深みを帯び、最終的にはほとんど黒に近くなる――床に寝かせたその紙本《しほん》の傍らに立った瞬間、慄然《りつぜん》として息を呑んだ。四角く切り取られた深い穴の前に立たされたような気がしたのだ。彼の描く青い絵の前に立つといつも押し寄せてくる、あの抗いがたい浮遊感だ。

と言っても、眼前のこの絵は、まだ彩色し始めたばかりだ。しかし、この青一色の状態だったからこそ、深海を覗いているような錯覚に捉われたのかもしれない。

何かが薄く下書きされているのが青の中にぼんやりと透けて見えるが、それがまた、水面下で何か巨大な生き物が蠢いているようにも見えて、一層怖い。

相変わらず、すごいもん描いてるなぁ……

ひそかに嘆息した。

俺の隣に立つ犀もまた「すごいな」と呟く。しかし、それが絵に対する感想なのかなんなのかは判別できなかった。なぜなら、制作者である由良は、この青い絵の真上に寝そべっていたので。

もちろん直に寝そべっているわけではない。

大判の絵を床に寝かせて制作するとき、絵の上に平たい作業台をまたがせて足場とすることがある。うちの美大ではこの作業台を「橋」と呼んでいる。正式な名称があるのかもしれないが、俺は知らない。

この、幅五十センチほどしかないキャスター付きの橋の上で、色とりどりに汚れたエプロンを着けた由良は、仰向けに横たわっていた。腹の上で指を組み、膝《ひざ》を立て、両目をぱったり閉じていた。真下に広がる青のせいで、水面に浮かぶ死体のように見えた。

「よく眠れるよなあ、んなところで」

っていうか、なぜ橋《そこ》で寝る？

犀が「さて」と俺の顔を窺う。「どう起こす、これ」

「うーん」

ヘタな起こし方をして驚かせて、誤って絵の上に落下されても困る。落ちた途端、和紙に水紋を広げながら沈んで、深海の青に溶けていくかもしれない……なんていう幻想に囚われているわけではもちろんなくて、衝撃を与えて紙やパネルを傷めたらまずいだろう、という現実的なところを心配しているのである。

どうしたもんかね、と周囲に目をやる。

傍らにそびえ立つでかいパーティションには、原寸大の下図が貼りつけられているが、その上から習作らしきデッサンやら水彩画やら、どことも知れない風景の写真やら、ベタベタと貼られまくっているので、全体像がよく見えない。習作の中には、鱗らしきものも何枚かあった。

鱗というモチーフにこだわり続けているというのは、本当らしい。

改めて由良のほうを見ると、彼はいつの間にか目を開けていた。黒目をきろりと動かして、俺と扉を視野に捉《とら》える。「おい、起きろ」と言うと、静かに身を起こした。

「お前、ケータイの電源切ってるだろ」

「切ってません」

あからさまに眠そうな声で反論しつつ、くたびれたアーミーパンツのポケットから携帯電話を引っ張り出して画面をチェックし、

「充電が切れてました」

他人事のように報告。

ちょっと呆《あき》れる。「どっちにしてもダメだろ。なんのためのケータイだ。ったく、捜しにきてよかった。お前と連絡が取れないってんで、高梁さんが困ってたぞ」

「はぁ」と気の抜けるような返事をしながら橋を下り、絵皿の間に点々と脱ぎ散らかされていたサンダルをつっかける。立ち上がるなり、首を倒して関節をゴキッと鳴らす。そりゃ、あんな木の板の上で寝てりゃ、全身バキバキになるだろうさ。

「起きちゃったか」

青い絵の傍らに屈みこんでいた犀が、どこか残念そうに微笑んだ。

「ミレイの絵みたいだったのに」

寝ぼけ眼の由良は訝《いぶか》しげに首をかしげた。

が、言われたことの意味を理解したのだろうか、次の瞬間には、心底いやそうに顔をしかめた。「オフィーリアですか」

犀は苦笑する。「褒《ほ》め言葉だ」

「あの女は発狂してるんですよ」

「それは不幸なことじゃない」

由良はすっと息を呑んで黙りこんだ。少し傷ついているようにも見えた。

……ああ、もう。

文学的な会話も、結構ですけどねぇ。

「のんびりしてないで、とにかく第一会議室に行こう。たぶん、最上もう着いてる。四人揃わないと始められないんだってさ。こんなこと、ちゃっちゃと終わらせよう。それから、これはお前のために言うけど、偉い人も来るらしいから、そのボサボサ頭なんとかしろ」

「柏尾さんと犀さん、先に行っててください。俺もすぐに行きますから」

絵画棟を出て、陽射しに炙《あぶ》られるキャンパス内を、本棟を目指して歩く。

蝉の声がうるさい。

空が不吉なほど青い。

みぞおちあたりをさする。さっきからずっと、またしても胃が痛い。

ふと思い出したのは、古いドラマなんかによくあった「中年の中間管理職がデスクの抽斗《ひきだし》から取り出した胃薬を愚痴りながら飲む」という一コマ。あれを見るたび、これしきで胃に来るってこのオッサンどんだけ繊細なんだよ、とか思ってたけど……実際自分がなってみると、なかなか、笑い事じゃない。

一歩先行く犀に「なぁ」と声をかける。

「オフィーリアって、何？」

振り向いた犀が「あらー」と可哀想な子を見る目で俺を見るので「なんだよ」

「昨今の大学生の学力低下は嘆かわしいもんがあるね」

「犀サマはナチュラルに失礼だよな」

「シェイクスピアだぞ。全編読めとは言わんけど、せめて有名なシーンくらいは押さえとけよ」

神経質そうに眼鏡のブリッジを押し上げ、そばの学生会館をちらりと見やる。平べったい円筒形の建物で、食堂と生協の売店、それと画材売場が入っている。

「そういや、ハルさん、もうすぐ誕生日だって？」

「え、ああ」

「ふーん。じゃあ、ちょっと、ここで待っててくれる」

そう言って犀は、一階の売店にすたすたと入っていった。学校自体は夏期休暇中だが、自主制作に励む者や就活組などを中心に学生の出入りは頻繁にあるので、各施設、短縮営業で開いている。

なんか奢《おご》ってくれるのかな、と、ほんのり期待して待つ。

数分後、犀はケツポケットに財布を押しこみつつ戻ってきて、俺に一冊の文庫本を差し出した。シェイクスピアの『ハムレット』であった。

そして、善意と厭味《いやみ》がブレンドされた複雑な笑みを浮かべてみせる。

「俺からハルさんへ、最初で最後のプレゼントだ」

「……どうも」

拒否する理由もないので、まぁ、有難く受け取っておくことにする。


狩野壱平さんのアトリエにアシスタント作業に行った学生四人は、死体発見の当日に自宅に帰されたわけだが、一日おいて、今度は学校から呼び出された。事件に関する説明をしなくてはいけないらしい。まだ精神的に堪えてるんだから放っといてくれよー。蒸し返さないでくれよー。話を聞きたいなら警察の人から聞いてくれよー。気持ちが荒みまくっているので、サボってやろうかとも思ったが、俺だけ行かないというわけにはいかない。

時間、十四時から。場所、第一会議室にて。

一番に到着したのが、最上。次に、由良を捜しに出ていた俺と犀。そして制作室で寝ていたために遅れた由良――当事者四人がようやく集まり、学校のお偉方を前に、第二の事情聴取開始と相成った。

学校側は、警察とは違ってこういう事態に慣れていないので、質問するもいまいち要領が悪く、同じようなことを何度も訊いていた。

当事者側で主に喋っていたのは、犀サマだった。彼は心臓に毛が生えてらっしゃるに違いない。いつもの調子でスラスラと説明していた。俺と由良と最上は、何か訊かれたときだけ機械的に答えていた。

その後の捜査状況もちょっとだけ聞かせてもらった。

検死の結果、あの死体はやはり狩野壱平さん本人であると判明。夏の山中に放置されたため腐敗が早く、死後数日しか経っていないという。ただし、高梁助手が狩野壱平さん本人から「アシスタントを何人かよこしてほしい」と連絡を受けたのが七月二十九日の午前というから、死亡したのはその直後くらいだと思われる。

あんだけドロドロの死体でもちゃんと調べなきゃいけないんだから警察も大変な仕事だよな……と、本筋とはかけ離れたことを考えて、俺は一人、現実逃避していた。

狩野壱平さんになりすましていた男と狩野夫人は、警察が重要参考人として懸命に行方を追っているものの、未だ発見されていないそうだ。もうさっさと捕まってくれ。俺の迷惑にならないところで。

説明の義務を果たし、第一会議室から開放された学生四人は、階段わきの談話スペースに自然と集まった。犀と由良が自販機で飲み物を購入した。俺と最上は長椅子に腰掛け、それぞれ溜め息のようなものを吐いた。

ペットボトルのフタをパキリと開けながら、犀が切り出した。「狩野先生は、奥さんにアシスタントを呼んだことを、教えてなかったんだろう。奥さんは急にやってきた俺たちに驚いたけど、むげに追い返したら逆に怪しまれるし、とにかく招き入れてアトリエに押しこんで、その場で思いついた適当な仕事を言い渡したんだ」

「……そうだな。なんかおかしいと思ったんだよ。先生が新規の制作に手一杯ということならイレギュラーな作業環境でも仕方ない、と思いこもうとしてたけど、やっぱ、いろいろおかしかった。あんな大量に石膏取りさせるなんて、意味が分からねーし。どこに提出する作品なのかとか、詳細全然教えてもらえねーし。先生本人から一切指示出されてねーし」

「腰を痛めた人の歩き方じゃなかったし」と呟いたのは、由良。炭酸飲料の入った紙コップを手の中でペコペコ鳴らしていた。

「というと？」

「腰痛がひどくて、立ちっ放しは辛い、重いものは持てない、思うように動けもしないという状態だから、アシスタントを要請したんでしょう、狩野先生は。でもあのオッサンは、普通に立って普通に歩いてたじゃないですか」

……ああ、そうか。

俺があのオッサンを見たときに覚えた違和感、思わず「あれ？」と首をかしげたくなるような違和感の正体は――たぶん、それだ。事前の情報から構築した狩野先生のイメージとズレがあったから、あって然るべき何かが足りないような気がしたのだ。同性愛者であるという誤情報に撹乱《かくらん》されて、そこまで思い至らなかった。

「そういう大ヒントは現場で言ってほしかった」

「腰痛っていうのはアシスタントを要請するための建前で、他に何かおおっぴらにできない理由があるんだろうと思ったんです。めんどくさそうなことをあまり口に出して言わないほうがいいかと」

俺が「そうか」と頷くと、談話スペースには沈黙が落ちた。

どうにも気詰まりで、視線を外へ逃がす。

踊り場の窓からはグラウンドが見える。もちろん、無人だ。こんな炎天下に、あんな陽を避けるもののないところにいたら、すぐに倒れてしまうだろう。

最上が、どんよりと切り出した。「俺たち、殺人犯のすぐそばで一晩過ごしたってことになりますよね」

犀が首をかしげる。「なんだ、殺人犯って」

「だって、誰かとすり替わるってのは、身分や財産を乗っ取ることが目的でしょ。乗っ取るためには、ホンモノには消えてもらわないといけないでしょ。で、狩野先生は死体で発見されたでしょ。あのオッサンが狩野先生を殺して森の中に捨てたってことになるんじゃないですか」

……そうなんだよな。

俺もなるべく、そのへんのことは考えないようにしていたが。

うっかりあのアトリエに居座ってしまった俺たちは、ひょっとしなくても、かなり危なかったんじゃないだろうか。たまたま全員が一ヶ所に固まっていたから何もされなかっただけで、少しでも隙を見せていたりしたら、危害を加えられていたんじゃないだろうか。

俺は、食事をどうするのか尋ねるために一人で母屋に行ったけど、あれだってホントは、すごく危険なことだったのでは――

なんて考えるだけで、背筋が凍るのだが。

しかし犀はかぶりを振る。「狩野先生の死因は脳溢血《のういっけつ》だそうだ」

他三人は瞠目して犀を見やった。

「千華子が警察から聞いた」と、ペットボトルのミネラルウォーターを一口。「もともと、かなり重度の糖尿病で高血圧だったらしい。合併症もいくつか抱えてたし、目にもすでにかなり来てたんだと。今回アシスタントを要請した理由も、ホントのところは、持病が悪化したからだったのかもな」

「じゃあ、アトリエにいたあのオッサンは、狩野先生の死になんら関係ないんでしょうか？」

「それはちょっと考えにくいだろう。狩野先生の不在を知らなきゃ、なりすまそうなんて考えも起こらないはずだ」

「それだと、どういう罪になるんですかね」

「瀕死《ひんし》の病人に適切な処置をしなかったなら保護責任者遺棄、死体があると分かっているのに放置したなら軽犯罪法違反――ってとこか。とにかく、あの二人がまったくのシロってことはないんじゃないか。だから警察も追ってるんだろ」

「はあ」

犀は首をかしげた。「なぁ、さっきから不思議だったんだけど、なんでお前らそんなにヘコんでるんだ」

「え、なんでって」

「こうしておけばよかったと後悔するならまだしも、悪い可能性を考えてヘコむなんて時間の無駄だ」

「そうなんですけど」と最上。「でも、やっぱ……落ち着かないっていうか、据《すわ》りが悪いっていうか」

俺も「そうだよな」と頷いてみせる。「騙《だま》されていたとはいえ、亡くなった狩野先生の作品を勝手にいじって、石膏取りしちゃったんだもんな」

犀は苦笑した。「石膏取りは別にいいんじゃないか。粘土のままで長期の保存はできないんだから、むしろ感謝されるかも」

「そういうことじゃなくてさ」

「気持ちは分かるけど、俺たちにできることはもう何もないんだし」

「そうなんだけどさ」

「はいはい。終わり終わり。もう終わり」と犀は長椅子から腰を上げた。

手を振る代わりにペットボトルをぶらぶら振りつつ、階段に向かう。

「もうやめよう、この件についてアレコレ言うのは。捜査《そうさ》の素人がこんなところでウジウジ言っててどうなる。あとは、有能な日本警察に任せてさ、蛇にでも噛《か》まれたと思って忘れて、俺らは残りの夏休みを謳歌《おうか》しよう。俺はサークルに顔出して、今日はもう帰るよ」

……やっぱ犀サマの心臓には毛が生えてると思う。

犀が階下に消えてから、最上ものっそり立ち上がった。

「じゃ、俺もバイトありますんで……」

「バイト、何やってるんだ」

「学校の真裏にあるコンビニです」

「ああ。エロ本の品揃えがやけに充実している、あの」

「え。別に俺が発注してるわけじゃ。あれは社員さんが」

「分かってるよ」

「ははは。じゃ、お先です」

そうして、この談話スペースには俺と由良が残された。

静まり返ったのはほんの一瞬だった。

今の今まで黙りこんでいた蝉が、急に鳴き始めたのだ。

急きたてるような濁声が、ひと気のない廊下に反響して何重にも聞こえる。

由良は紙コップの残りをグッと一気飲みした。

つまり炭酸飲料一気飲みである。

うぐ、とゲップを噛み殺して「あそこで何をしてたんでしょうね」

「あ?」

「あのオッサン、あのアトリエに残って、何をしてたんでしょう」

「何って、狩野先生のフリだろ」

「フリらしいフリはしてなかったじゃないですか。あっさり姿を消したし、俺たちに見咎められる危険を冒してまで、アトリエに居残ってなくてもよさそうなもんだ」

「……そう言われてみれば、確かに」

そこでふと思い出す。

食事はどうすればいいのか訊くため母屋へ行ったとき、あの二人が何かを捜しているような雰囲気の会話をしていたことを。扉越しにコソコソした声を聞いただけだから、確証のある話ではないが——

とにかく、そのことを由良に教えてみる。

由良は思案顔で首を捻った。「何を捜してたんでしょうか」

「それこそ分からん」

「でも、本当に何かを捜していたのであれば、ああしてアトリエに居残っていたのも納得がいきます」

ピンと来た。「最上も言ってたけど、誰かとすり替わるってのは、身分や財産を乗っ取ることが目的じゃん。だから、狩野先生名義の株券とか土地の権利書とか、そういうカネになりそうなもんを捜してたんじゃないか」

由良はしばし黙って何か考えていたようだが、

「かもしれませんね」

そう言うと、リュックを担ぎ直した。

紙コップをゴミ箱に落とし、この場を去る雰囲気だ。

「お前、これからどうすんの。帰る？」

「ええ、まぁ、制作室に寄ってから」

「じゃあ特に急ぎの用事とかはないんだな。俺、ちょっと見ときたいものがあるんだけどさ、付き合わん？」

訝しげに首をかしげる。「見るって、何を」

「狩野先生の作った像が、この学校の敷地内にあるんだ」

「像？」

「ああ。女の像がね。人知れずひっそりとあるらしい」

もう一度、なんとなく、踊り場の窓に目をやる。

外をちょうどツナギ姿の女子が横切っていくところだった。

「俺らってさ、ホントの狩野先生の顔、写真でしか見てないだろ。アトリエ入ったり作品いじり回したり、結構いろいろ踏みこんだことしてるのに」

「ええ」

「病気ってことも知らなかった。どうでもいい情報ばっかり耳にして、ホントのことなんか全然見えてなかった――そのことが、どうにもうまく消化できない。狩野先生のことを何も知らないまま終わらせていいのか、相手が死んだからって関係をそこで終わりにしていいのか、俺はそれで納得できるのか、って」

狩野先生の葬儀は、ごく内々に執り行われることになったそうだ。

発見者である俺たちでさえ、呼んでもらってはいない。

「犀が言ったことも一理あるとは思う。でもやっぱり、すぐさま無かったことにはできないんだよ、俺は。だから、この学校の敷地内に狩野先生ゆかりのものがあるなら、せめて挨拶だけでもしておきたいと思って」

由良は、ゴミ箱をじっと見下ろしたままの姿勢でいる。

何か考えているのか、それとも何も考えていないのか、よく分からない。

「行きたくなければいいよ。気乗りしないのも分かる。気楽なもんじゃないからな、そういうの無理させたくないし。俺一人じゃ行けないってわけでもないし」

「いえ」と俺の言葉を遮って、ぽつりと言う。「行きます」


「夏は嫌いだ」

隣の由良が不機嫌そうに呟いた。

湯気が立ちそうなほどに熱された石畳を、正門に向かって歩いている途中だった。

正門から一番近い建物は、初瀬《はっせ》記念ホール——大小の展示室をはじめ、レクチャールームや大人数を収容できる講堂も備えた、当校敷地内で最も新しい建物である。今日は何やら使用される予定があるようで、さっきから事務の人が出たり入ったりしていた。

前庭にある池の脇を過ぎ、職員用駐車場を横切る。

前期授業はとっくに終了してしまっているが、車はまばらに停められていた。容赦なく降り注ぐ陽光に炙られて、ボンネットやルーフからは殺気にも似た熱がジリジリと発せられている。この上で焼肉ができそうだ。

駐車場横の、外壁の大部分を白いシートで覆われている古い建物は、旧初瀬ホールである。初瀬記念ホールの前身だ。この夏期休暇中に取り壊されていることが決まっていて、このため工事関係者が学校敷地内にちらほら見られる。

駐車場を抜けて、体育館の裏へ。

ぴったり締め切られた体育館は、今現在誰も使っていないらしく、シンと静まり返っていた。いつもは、バッシュのこすれる高い音が響いていたりボールの弾む音がしていたり、誰かが何かしらしているものだが。

「由良は、今から見に行く像の存在、知らなかったんだよな。ということは、その像ができた経緯も知らないよな」

「はい」

「よしよし。では教えてしんぜる。心して聞け」

と言っても、俺もついこの間知ったばかりなのだが。

七月二十九日にあの居酒屋で利根さんが語ったのは、こんな話である。

狩野壱平は、この学校の彫刻科の学生であった。あるとき彼は恋をした。油画科の美しい人。彼女の名は珠子《たまこ》といった。しかし狩野は彼女に想いを告げることができなかった。なぜなら珠子は、狩野の親友である安倍《あべ》と交際していたのだ。

叶《かな》わない恋とは知りつつもどうしても彼女をそばで見ていたい狩野は、以前に増して安倍と親しく付き合い、珠子と接する機会を工面するようになった。

平穏な日々は、そう長くは続かなかった。ある日、珠子が狩野に会いに来て、狩野のことがずっと好きだったと告白したのだ。

それを許さなかったのが安倍である。安倍は狩野の目の前で珠子をなじり、勢い余って突き飛ばした。車道にまろび出た珠子は、運悪くやってきたトラックに轢かれ、死んでしまった。

自分が珠子を愛さなければこんな悲劇は起こらなかったのに……

深く後悔した狩野は、珠子を想って一体の彫刻作品を作り上げた。

そしてそれを思い出の場所に置いたのだった。

「あまりにも強い念をこめて作った像は、いつしか魂を持つようになり、以来、珠子が死んだ日とよく似た静かな雨が降ると、すすり泣きの声が聞こえてくるようになったそうな。また、別の話では、想う男と結ばれることができなかった無念さから、仲のいい男女にひどく嫉妬《しっと》するようになった、とも言われる。その像をカップルで見に行くと、必ず数日のうちに別れることになるんだとか」

「ふーん」

「ふーんって。それだけかよ。感想は？」

「珠子を突き飛ばした安倍くんのその後が気になります」

「お前さんは意外と理屈っぽいヤツだね」

などと言いながら歩いていたら、やがて石彫場に至った。

——石彫場の裏に、半端な石がゴロゴロと雨ざらしになっているところがある。もうちょっと奥へ行くと、古い倉庫がいくつか並んでる場所がある。一番北の倉庫のそばに、女の像がある。

利根さんの言葉を思い出しながら、石彫場の裏へ。

そこには確かに、色も種類も様々な大小の石が雨ざらしになっていた。デザイン科の俺は、このあたりにはあまり近づいたことがない。お地蔵さんっぽい造形のものが十体ほど一かたまりにして置いてあったり、ガネーシャっぽい顔面が転がっていたり、なかなかワンダーランドである。

舗装道路の路肩に、軽トラが一台停めてあった。荷台の側面に手書きの黒マジックで「彫刻研究室」と記されていた。運転席をチラッと覗いてみると、キーが差しっ放しだった。盗まれたりはしないのか、これって。

舗装道路を挟んだ向かい側が、ちょっとした雑木林みたいになっていて、その深い緑の中に埋もれるように、古いプレハブの倉庫がいくつか並んでいた。俺と由良はそちらに踏み入った。

木陰に入った途端、目が眩《くら》んだ。明るいところから急に暗いところに入ったせいだろう。同時に、ぞくりと震えが走った。

鳥肌の立った二の腕をさする。「このへん、心なしか、気温が低いような」

まずなんと言っても水捌《は》けが悪そうだ。スニーカーの靴底を通して伝わる土の感触が、ジクジクと湿っている。顔を上向けても、長く伸びて複雑に重なり合う枝にみっしり覆われているから、青空が断片的にしか拝めない。木漏れ日も地面に届く前に拡散して消えてしまう。北向きであることを差し引いても、日当たりが悪すぎだ。気温を低く感じてしまうわけだ。

そういえば、さっきから、蝉の声が遠い。

ここだけ季節が変わってしまったかのようだ。

「雰囲気あるよな、やっぱ。こういう場所なら数々の怪談が生まれても不思議じゃないってカンジ……」

「もしかして、あれですかね」

そう言って、由良が指を差す。

一番北に位置する倉庫のそばに、ヒトの背丈ほどもある石像が鎮座していた。

「おお、そうだそうだ。女の像だし。これだよ、きっと」

何かを追って飛び出してきたその瞬間を捉えたような、躍動的な像だった。左足の裏を土台にぴったり付けて踏ん張り、右腕は何かを掴もうとしているようにピンと伸ばされている。が、二の腕でポッキリ折れてしまっているので、肘から先がどのような動きをしていたかは不明。乱れた髪。張り詰めた着物。生々しい描写に怨念《おんねん》すら感じさせる、まさに力作だ。

ただしその女は、決して美しいとは言えない。

顔といわず手足といわず、肌のいたるところが爛《ただ》れ、肉が溶けだしている。鼻の肉も削げ落ちている。両の眼窩《がんか》には、眼球ははまっておらず、ただドロドロした涙が垂れるばかり――しかし、グロテスクという言葉で片付けてしまうには、あまりにも綺麗な肢体だった。はだけた胸元や、着物の合わせを割って剥き出しになった脚は、爛れて穴だらけになりながらも、艶《なま》めかしかった。

長年風雨に晒《さら》されていたせいだろう、表面にヒビが入っていたり、地面と接する部分にみっしりと苔《こけ》が生《む》していたり、いたるところに劣化風化が見られる。が、それが一層の凄みをこの像に与えているのも確かだ。

あの山中のアトリエには、ここまで鬼気迫る作品はなかったのに。

「すげー迫力だな」

女の像というから、もっと淑やかなものを想像していた。

予想に反する不気味な造形だけど、でも、こんな人目のつきにくいところに置いとくのはもったいないくらい、よくできている。俺は彫刻には詳しくないが、学生のときにこれほどのものを作ったということは、狩野壱平って人は、腕の確かな作家だったんだろう。それでも無名だというのだから、ファインアートで名を馳《は》せるっていうのは、やはり並大抵のことではないのだ……

由良が出し抜けに言った。「おかしくないですか、これ」

「え、何が」

像から目を離さないまま、淡々と続ける。「この像は、若き日の狩野先生が、愛する珠子さんを想いながら制作した像なんでしょ」

「と伝えられているな」

「愛し合ってる最中に喪った女性を、こんなふうに表現しますかね」

「……あー」

「ずっと片想いしてたのがようやく両想いになれて、でもその途端、不慮の事態で消えてしまった、幻のような女性なんでしょ。珠子さんってのは。そんな特別な存在を形にしようとする場合って、自分の思い出にある中でも最も美しい姿で残そうとするもんじゃないですか」

「確かに。いくら思い入れがあるとはいえ、ここまでスペクタクルにする必要はないな。この像は珠子さんがモデルではないのかもしれない。実物を見るとそう思える」

「じゃあ、この像はなんなんでしょう」

うーんと首を捻って、俺は腕組みした。「具体的なモデルはいないんじゃないかね」

「というと？」

「だからさ、たとえば……自分の中に渦巻く哀しみや混乱を人物像として表現したらこうなった、みたいな。つまり、荒れ狂う心の擬人化なわけだよ、この女性は」

「なるほど」

「いや、今のすごいテキトーに言ったんで、話半分に聞いといてよ」

まぁここで二人して頭を抱えていても答えは出ない。

像に向かって手を合わせて、俺と由良はその場を離れた。

時間の止まったような湿っぽい日陰から、蝉の声に満ちる灼熱《しゃくねつ》の日向へ。

一旦《いったん》は引いた汗も、たちまち噴き出してきた。


本棟の陰に入ったところで、由良がふと足を止めた。

「柏尾さんは、像の由来話、誰に聞きました」

「サークルの先輩だよ。利根さんっていう」

「その利根さんは誰から聞いたか、っていうのは分かりますか」

「さぁ、それは分からん」

「利根さん、学校に来ますか？　来る予定がないなら連絡先を教えてください」

なんだ、いきなり。

目的がいまいち分からないが。

「珠子物語について質問するだけなんだろ。それだけなら、今、俺がケータイかけてやるけど」

「いいですか」

ハイハイと携帯電話を操作し、利根さんの電話番号を呼び出して「あ、すまん。やっぱダメかも。そういえばあの人、今、アメリカ行ってるんだ、旅行で」

無表情ではあるが「そうですか」と言った声には落胆が滲《にじ》んでいた。

「まぁ、しょげるな。とりあえずメール送ってみるから」

「ありがとうございます。しょげてません」

というわけで、メール作成。件名を「可及的速やかに返信せよ」とする。七月二十九日に居酒屋で俺に教えてくれた珠子物語をどこの誰から聞いたのか尋ねる旨の本文を打ち、送信。

返信に時間がかかりそうなら、由良とはここで解散するつもりだったが、意外にも即レスだった。

「利根さんホントにアメリカ行ってんのかな？　実は日本にいるんじゃねーか」

「で、なんて書いてあるんです」

一人から聞いたわけじゃない
同じような話を別の機会に別の先輩から何回か聞かされた
聞いたのは俺が一年生のときだからうろおぼえだけど

「利根さんは、現在七年生であらせられる。一年生のときに聞いたということは、六年前に聞いたということになるな」

そりゃあうろ覚えにもなるだろう。

由良はメール文を読み、「その先輩ってのは、どこの誰のことですかね」

新たに生じた疑問を、手早く送信。これに対する返信も、すぐに来た。

もちろんバスケサークルのひと
田代さんとか雲出さんとか
このひとたちはもうとっくのむかしに就職してるから
ハルは知らんかもしれないけど
でも湯川《ゆかわ》さんは知ってるよな

ついこの前までサークルに顔出してたし
湯川さんからも聞いたのはまちがいない
なんでそんなこと聞くの

利根さんのメールの、最後の疑問には答えられない。返信は保留だ。何せ俺にもまだ由良の目的が分からないので。

メール文を見せると、由良は表情を曇らせた。「湯川って、もしかして、院生の」

「そうそう。知ってるのか？」

生返事をして、由良は少し迷う素振りを見せた。

「どうした」

「あの、すみませんけど、もう一つだけ、頼まれてくれませんか」

「何」

「利根さんのときと同じです。湯川さんに、珠子物語を誰から聞いたか、訊いてみてほしいんです」

「それは別に構わんけど――」

俺の疑問を察したのだろう。由良は渋面になりつつも教えてくれた。

「俺、苦手なんです、あの人、湯川さん」

「なんで」

「たまに俺の顔見りゃ、合コン行こう合コン行こうって、しつこいから」

納得。

由良彼方が参加するとなれば、女子の喰《く》いつきはいいだろうからな。

湯川さんは、外見は真面目そうな黒髪地味顔眼鏡なのだが、かなり精力的、というか助平で、風俗通いを公言して憚らない。周りの人間は「憚れ憚れ」といつも嗜《たしな》めているのだが。

確かに、由良とは合わないタイプかも。

「合コン、嫌いか？　まぁ、好きそうには見えないけど」

「嫌いです。男も女もニコニコしてるのにギラギラして、狭い人間関係の中で欲望と権謀術数が渦巻いてるじゃないですか。すげー不気味」

言わんとすることは分からんではない。不気味は言い過ぎだと思うけど。

大学院棟には普段まったく足を踏み入れることがないので、ちょっと迷ってしまったが、どうにか日本画専攻の制作室が並ぶエリアに辿り着いた。院生は、学部生よりも広い制作スペースを一人一人に割り当ててもらえる。よって、制作室そのものが自分のアジトのようになる。

湯川さんは俺を快く迎え入れてくれた。

「あー、利根から聞いてる聞いてる。どーぞ入って」

先ほど、利根さんに再びメールして、湯川さんへ根回ししてくれるよう頼んでおいたのだ。利根さんがうまく話をつけておいてくれたようだ。

湯川さんは、夏期休暇中にも関わらず、大学院棟内の制作室に朝からいたという。私生活に関してはどこまでもスチャラカな人だが、制作に対しては真摯《しんし》なのかもしれない。

「つーか、利根さ、前期で必修落としたから八年生決定らしいじゃん。伝説の八年生だべ。マジうける。別にサボってるわけじゃなくてちゃんと授業に出てるのに連続で単位落とすとかって、それ、もはや才能じゃね？　逆に」

放っておいたらいつまでも喋り続けそうだったので、早速本題に入らせてもらった。

石彫場裏の女人像の由来について。

「あー、知ってる知ってる。うん、利根にも話したと思う」

この話をどこの誰から聞いたか。

「永田《ながた》さんっつーんだけど。バスケサークルの先輩だよ。お前の先輩でもあるな」

これを聞いて、俺にもようやくピンと来た。

俺、利根さん、湯川さん、永田さん――全員、バスケサークルの人間だ。珠子物語は、我がバスケサークルの先輩から後輩へ、伝統的に伝えられているものなのかもしれない。

ということは。

「もしかして、狩野さんもバスケサークルの人だったんですかね」

これは我ながらいいセンついたと思ったのだが。

湯川さんは首をかしげた。「誰、カノって」

「え。だから、石彫場裏の女の像を作った――」

「伏野《ふしの》だろ、それは」

「は？　伏野？」

「そう。石彫場裏の女の像を作ったのは、伏野だろ。狩野じゃなくて」

謎《なぞ》の名前が出てきた。

ちんぷんかんぷんになりながら、念を押す。

「じゃあ狩野ってのは誰なんです」

「それは知らないなぁ。お前は狩野って聞いてるの？　おかしいな。俺は伏野だと教えられたし、後輩にもそう教えたはずなんだけど。お前は利根からその話を聞いてるんだよな？　じゃあ利根が何か勘違いしたんだろう」

大学院棟一階、エントランスホールのベンチにて。

俺の報告を聞いて、由良は「やっぱり」と頷いた。

「どういうことだよ、おい、やっぱりって」

「利根さんは、何人かの先輩から同じような話を何回か聞かされていて、しかも六年も前のことなのでうろ覚え、ということでしたよね。その時点でもう話の信憑性《しんぴょうせい》はないも同然なんですが、それを差し引いても、あの女の像を作ったのが狩野先生っていうのは、ちょっと疑わしいなと思ってたんです。二十年の空白があるとはいえ、あまりにも作風が違うし——っていうか、もう、クオリティが」

「月とスッポンだった」

「そこまでとは言いませんけど。まぁ、全然違いましたよね。それに、狩野先生のアトリエにあったのは塑像ばかりでした。もちろん、二十年の間にやり方が変わったってこともありうるだろうし、一人の作家が石彫も塑像も木彫もなんでもやるってこともあるだろうけど、でもあのアトリエには、石どころか石彫用の道具さえなかった」

　そう言われてみれば。

「石彫場裏の像は、ホントに狩野先生が作ったものだろうか——それが気になってたんです」そう言って、由良はペットボトルの清涼飲料水を差し出してきた。「協力ありがとうございました。あとは俺一人でやりますんで」

「……おいおい」とりあえず差し出されたペットボトルは受け取るが「そりゃねーだろ。ここまで付き合わせたんだから、最後まで付き合わせろよ」

「でも」

「気になるじゃねーか、結末が。それに、俺だって関わってしまった一人だぞ」

「結末を知っても、何も得るものはないかもしれませんよ」

「こういうのは損得で動くもんじゃないだろう。大体、お前ね、分かってる？　俺は一年間アジア放浪したけど、成長率ゼロどころかマイナスになって帰ってきて、周囲に散々迷惑かけて、おまけに留年した男ですよ。その俺に、今さらそんな、得るとか得ないとか」

由良はきょとんと目を丸くしたが、

次の瞬間には、こくりと頷いた。「では柏尾さん。早速訊きたいんですけど」

「なんですかな」

「バスケサークルのOBってのは、この学校にいますか。できるだけ上の世代の人がいい」

俺は即答した。「いる」

一之瀬《いちのせ》先生は、彫刻棟の工房にいた。

珠子物語を知っているかどうか尋ねると、

「もちろん、知ってるよ」

制作の手を止め、防塵《ぼうじん》マスクを外し、白い歯を見せて微笑んだ。

彫刻科の一之瀬先生は、人柄や実績よりも、そのセクシーなバリトンで知られていた。渋さと滑らかさを併せ持つ心地良い低音で、耳にするたび「いい声すぎるんじゃないだろうか」と新鮮に驚いてしまう。男の俺でさえそうなのだから、女子学生の間では何をか況《いわん》や。「フェロモンボイス」「声だけで孕《はら》む」「あの声でならセクハラされたい」と常にもてはやされている。この先生が朗読すれば、おとぎ話だってハーレクイン・ロマンスになるに違いない。

で、この一之瀬先生、うちの美大の卒業生で、バスケサークルのOBなのである。湯川さんとのやりとりについて、一之瀬先生の意見を伺う。

一之瀬先生は「ああ」と頷いた。「狩野と伏野がごっちゃになってるみたいだな」

「先生が聞いた話では、どちらでしたか」

「伏野だよ。狩野ではないはずだ」

「じゃあ、狩野っていう名前は、どこからどうして出てきたんでしょうか」

「それは作者の名前だね」

「……作者？」

由良が身を乗り出して尋ねる。「どういうことです、作者って」

「フィクションなんだよ、君らが言うところの珠子物語ってのは。正式なタイトルは、

ええっと、確か『泥の仮面』とか言ったかな」

俺と由良は、顔を見合わせた。

フィクション？

「それは、小説か何かですか」

「ああ。二十年も前になるか。この学校の文芸サークルが発行してる会誌で発表された、恋愛小説だよ」

「それの作者が、狩野壱平さん……」

「そう」

一之瀬先生は、狩野先生が亡くなったことはまだ知らされてなかったらしい。俺たちが言うと驚いていた。直接の面識はなかったようだが。

「僕より二学年ほど上だったな、狩野さんは」

「狩野壱平さんは文芸サークル所属だったんですか」

「そうだろうと思うよ。彼は在学中にどこかの出版社でちょっとした賞を取ってね。将来貴重になるかも知れないということで、彼の作品が載った会誌は、当時、よく売れたんだ。それで『泥の仮面』も、学生の間ではわりと知られるようになったね」

「へぇ」

「あの頃は文芸サークルの全盛期だったんじゃないかかな。菱田《ひしだ》弘毅《こうき》なんかもいたしね」

「ヒシダコウキ？」

「知らないかな。小説家だよ。確かにメジャーどころではないかもしれないけど」

「はぁ、ちょっと知らないです」

「この学校の卒業生で狩野さんとは同窓生だ。恋愛小説でデビューして、今は、どこかの小説誌で『不眠症《ふみんしょう》』っていうの連載してるはずだよ。僕はまだ読んでないんだけど、なかなか面白いらしくて、人気も結構あるらしい。ああ、でも、もうすぐ最終回じゃなかったかな。単行本化もそう遠くないだろう」

話が脱線しまくっているが、思わず聞き入ってしまう。

声がいいというのは、生物としてすごく有利なことなんじゃないだろうか。

そういえば、鳥や動物なんかも、いい声の個体がモテるよな。

「じゃあ、あの石彫場裏の像を作ったのは、狩野壱平さんではないんですね」

「違う違う。あれは、」

一之瀬先生が明かしてくれた制作者の名は、俺でも知ってるような、石彫の大家だった。もう亡くなっているが、この美大出身の有名人を挙げるとき、必ずと言っていいほど名前が出てくるほどの方だ。

あの女人像を前にして、俺は「これほどのものを作っても無名だなんて」とファインアートの世界の厳しさを思ったが、なんのことはない、制作当時すでに名声を揺るぎないものにしていたその道の第一人者の作品だったのだ。

不気味ながらも艶めかしく、今にも動き出しそうな躍動感と説得力のある見事な造形——やはりあれは、生半可な素人の手によるものではなかった。

なかなかじゃないか、俺の審美眼。

由良も驚いていた。「そんな大先生の作品が、なんであんなところに埋もれてるんですか」

「大きく改築したために場所が変わってしまったけど、昔はあっちがこの学校の正門だったんだよ。あのあたりに体育館ができたり雑木林ができたりして日当たりが悪くなったので、『よもつしこめ』も——あの像のタイトルだけど、あれも、もっといい場所に移動しようという計画が持ち上がったんだ。しかし、当の大先生が移動を拒んだらしい。〝別に動かさなくてもいいじゃない、ジメジメしてるほうがこの作品には合ってるよ〟と言って」

「へぇ……」

「面白いだろう。彫刻研究室の古株の間では語り草になってるんだよ」

つまりこういうことだ。

学生でありながら小説家でもあった狩野青年は、あるとき巨匠の知られざる傑作『よもつしこめ』を発見し、感動して、創作的インスピレーションを受けた。そして、この像をモチーフに恋愛小説『泥の仮面』を書き上げ、これを自身が所属する文芸サークルの会誌で発表した。この小説は評判となり、当時の学生の間で広く読まれた。

　もともと『よもつしこめ』は、学生の間では知る人ぞ知る存在だった。雨の日にはすすり泣きの声がするだとか、カップルで見ると数日のうちに別れることになるだとか。あんな場所にあるあんな像だから、不気味な噂は引きも切らなかったのだ。

　そこに、狩野青年の小説が『よもつしこめ』のバックグラウンドという位置づけで登場した。これは抵抗なく受け入れられて普及し、やがて創作であるという点が忘れられるようになった。学生が口伝していくうち、原作者・狩野と主人公・伏野も混同されるようになり、最終的に〝女人像を作ったのは狩野〟ということにまでなってしまった――

　と。

　ですよね？　と念を押すと、一之瀬先生は「うーん」と苦笑した。

「そういうことだと思うけど、すべては推測だからね。ハッキリと断言はしてあげられないな」

「いえ。仮説が立てられただけでも充分です」

　最後にもう一つ、と由良が訊いた。「どうして『泥の仮面』のあらすじが、バスケサークルに代々伝えられているんだと思いますか。バスケサークルそのものは、狩野青年とも『よもつしこめ』とも、直接関係なさそうですが」
するとー之瀬先生は「そりゃあ単純な話だよ」と笑った。「二十年前から存在するサークルのうち、発足以来休部したことがないのは、バスケサークルと文芸サークルだけだからだ、僕の知る限り」
由良は「なるほど」と頷いた。「つまり、先輩後輩の縦の関係が途切れていない」
「他に休部したことがないというサークルがあったとしても、それは、比較的近年にできたサークルだろうね。他の古い世代のサークルは、野球でもサッカーでも、どこかで一度ならず二度三度、歴史が途切れてるはずだ。この学校はサークル活動にあまり熱心ではないから」

「そういえば、俺がカテキョしてる子、今中学二年生なんですけど、光源氏は実在の人物だと思いこんでるフシがあります」

「あー、分かるわ、それ。俺もオスカルさまは実在の人物だと思ってた」

彫刻棟を出た後、学生会館に入り、二階の食堂で遅めの昼食をとった。夏期休暇中のため短縮営業だったが、ラストオーダーにはギリギリ間に合った。

もう客の姿はちらほらとしかなかった。

一番端のテーブルでは、ツナギの男子が突っ伏して、ぴくりともせず眠っている。

中央付近のテーブルでは、女子四名が真剣な顔で何事か議論している。

由良は日替り定食を食っている。

俺は夏季限定の冷やし中華を頼んだ。以前から気になっていて、食べてみたかったのだ。しかしやはりそこは学食クオリティ。感動するほど長所のない冷やし中華だった。麺《めん》はきちんとほぐれていないし、ツユは甘すぎる。

「フィクションの登場人物だけど、あまりにも有名になりすぎて、架空の人物か実在の人物か曖昧《あいまい》になってしまうってことは、考えてみればよくあることですよね」

「似たようなことがこの学校でも起こったってことだ」

「『泥の仮面』がそれだけ優れた作品だったということでしょうか」

「なら、小説家とかになればよかったのに、狩野先生」

そうですねぇと相づちを打ちつつ、由良は白米をかきこむ。「ちょっと読んでみたいかも。狩野先生の書いた小説」

それからはお互い黙ってメシを食っていたのだが。

ふと可笑しくなって、麺をすすりながらクククと笑ってしまった。「俺ら、巨匠の作品に手を合わせてたんだな。狩野先生じゃなく」

「そうですね」

「知ってしまえばなんてことない話だったな。でも、ちょっと面白かった。探偵ごっこみたいで。狩野先生のことも知ることができたし……うん、よかった。あのまま帰って、家に一人でいたら、たぶん、いろいろ思い出してウツウツしてたと思うからさ」

茶をすすっていた由良が、胡乱《うろん》げに俺を睨む。「なぜシメに入ってるんです。まだ終わってませんよ」

「え」

「裏付けを取らなきゃ。当の文芸サークルに行って」

「話を聞くのか？」

「当時のことを知っている人がいれば聞きたいですけど、如何《いかん》せん二十年も前の話ですから、望み薄でしょう。それでも、会誌のバックナンバーくらいは残ってそうじゃないですか？　一之瀬先生曰く、二十年前から存在していて一度も休部になっていないのは、バスケサークルと文芸サークルだけって話ですから」

なるほど。こいつ、妙なことに頭が回るな。

やがて二人とも食べ終わり、トレイを返却口へ。

食堂を出て、学生会館の階段を降りているとき、由良がぽつりと言った。

「冷やし中華がうまい店、知ってますよ」

俺が不満げな顔で冷やし中華を食ってるのが気になったのだろうか。

「詳しいのか、ラーメンとか」

「俺、ラーメン研究会に所属してるんです」

「ほお」

どうせまた「冗談です」ってオチがついてんだろ！　と思って身構えていたが、予想に反して由良はそのムカツキワードを口にしなかった。ラーメン研究会所属というのはホントのことらしい。それはそれでちょっとリアクションに困る。

「でも、何もあんな辛気臭い場所じゃなくてもいいと思わん？」

「はい？」

「大先生が〝別に動かさなくてもいいじゃない〟と言って『よもつしこめ』の移動を拒んだって話。確かにあのジメジメした雑木林は、舞台としてはあの像の雰囲気に合ってるけど、でもあんな人目につかない場所に巨匠の作品を置くのは、いくらなんでもったいないと思わないか？」

　由良は首を捻った。「僭越《せんえつ》ながら、ちょっと分かる気がする」

「ほお。と言いますと」

「たとえば、パブリック・アートなんかは、収入面ばかりでなく実績面でも大きな仕事になるでしょう。多くの人の目に触れるから。でもそのために、そこにあることが当たり前になってしまって、存在をスルーされることも多くなる。都市の公共空間に芸術を溶けこませ、アートを身近なものにするという目的は達しているのかもしれないけど——じゃあ、足を止めてじっくりと見てくれる人がどれくらいいるだろうか、記憶に留めてくれる人がどれくらいいるだろうか、って話になるわけですよ」

「ふむ」

「空気のようになってしまうのは、やはり少し寂しい気がする。それよりも、よりふさわしい場所にあって、圧倒的マイノリティであっても本当に求めてくれる人のために存在するような作品でありたい——そう思ったんじゃないか、と。あるべき場所にあるなら、それは別にもったいないことでもないのかも」

「巨匠のほうはともかくお前個人はそう思うわけね」

　とツッコむと、「あー」とか「まぁ」とか、肯定しているのか否定しているのか判別できない返事が返ってきた。

学生会館の裏にあるのがサークル棟だ。その名の通り、各サークルのボックスが詰めこまれている建物である。俺は普段あまりここには来ない。バスケサークルのある日は、体育館の更衣室に荷物を置くので。

RC造りの三階建ては、全体的にひっそりしていた。夏期休暇中、自主制作に打ちこむ学生は多いが、一之瀬先生の言う通り、サークル活動に精を出す学生は少ない校風なのだ。

廊下は窓がどれも締め切られていて、むっと暑苦しい。

そしてやはり、ひと気がない。

「こりゃあ、空振りかもしれんな」

「まぁとりあえず見るだけ見て」

文芸サークルのボックスは、二階の端だった。

扉の前に立つと、何やら物音がする――これは、扇風機の音だ。

ノックすると、「どうぞ」という男の声。

扉を開ける。

一番奥の席に座っていた彼は、俺たちの顔を見て一瞬驚いた後、薄く笑った。

「もう辿り着いたか。意外と早かったな」

伏野は、この学校の彫刻科の学生であった。あるとき彼は恋をした。油画科の美しい人。彼女の名は珠子といった。しかし伏野は彼女に想いを告げることができなかった。なぜなら珠子は、伏野の親友である安倍と交際していたのだ。

叶わない恋とは知りつつもどうしても彼女をそばで見ていたい伏野は、以前に増して安倍と親しく付き合い、珠子と接する機会を工面するようになった。なりゆきで、珠子の親友で彫刻科所属の章子《しょうこ》とも親しくなった。そのうち、この四人でつるむことが増えた。男女二人ずつの親密なグループである。安倍と珠子が交際を公にしているので、伏野と章子も交際していると見なされるようになった。伏野はそれをあえて否定しなかった。珠子のそばにいられるなら周囲から何を言われても構わない、と思っていた。

やがて珠子は、伏野に「自分をモデルにして像を作ってほしい」と懇願する。二人っきりの時間が持てるのだから、願ってもない申し出だった。伏野は珠子を前に全身全霊をこめていくつも石像を彫った。しかし珠子は、この石像すべてを、ひそかに安倍の名前で展覧会に出品していた。彼女は、安倍の命令で、伏野に優れた像を作らせていたのである。安倍は、伏野の珠子に対する気持ちを知っており、また、彼の彫刻の才能に嫉妬していたのだ。

親友と愛する女性に裏切られた伏野は悲嘆に暮れ、制作をやめてしまう。

この仕打ちに憤ったのが章子であった。いつしか章子は伏野を本当に愛するようになっていたのだ。伏野の最後の作品が、ある金持ちに売られることになった。章子は夜中にこっそりと保管場所に忍びこみ、売却予定の像の顔を作り変え、その上から泥で作った美しい顔を貼り付けた。

像が依頼主の元に運ばれたとき、泥はすっかり剥がれ落ちて、世にも醜い顔が露わになっていた。依頼主は激怒し、安倍を出入り禁止にした。怒り狂った安倍は珠子をひどく殴り、殺してしまった。自分のやったことの恐ろしさに慄いた安倍は、体育館の外付け階段から飛び降り、自ら命を絶った。

章子は伏野に想いを打ち明ける。しかし伏野は、章子のやったことをどうしても許せなかった。伏野に拒まれ絶望した章子は、車道にまろび出たところ運悪くやってきたトラックに轢かれ、死んでしまった。

そして伏野だけが残された——

これが狩野壱平作『泥の仮面』の正しいあらすじである。

思わず身震いした。「ひでぇ話だ！　全員死んじゃってるよ！」

由良は納得しきりに頷いている。「あの像の由来譚《たん》としてはしっくり来る」

「これも恋愛小説じゃねーよ！　ホラーだよ！」

犀はカラカラと笑い、「筋だけ並べるとドギツいけど、ちゃんと読むとなかなか面白いんだ。中心人物の心理描写が生々しくて」

さほど広くもない一室に限界まで本棚を詰めこみ、その本棚にもぎゅうぎゅうに本を詰めこんで、まるで倉庫のような雰囲気の文芸サークルボックス内。窓の前、扇風機の風がよく当たる一番奥の席に座っていたのは、油画科四年の犀和彦だった。第一会議室そばの談話スペースで解散して以降、ずっとここで後輩の原稿の下読みをしていたという。

そういえば、彼がどこのサークルに所属しているか知らなかった。

しかしまさか文芸サークルだったとは。

「面白いのかもしれないけどさ。俺はちょっと好きになれないかな。俺はハッピーエンドが好きだ」

「乙女発言が似合わないな、ハルさん」

放っとけ。

『泥の仮面』は短編小説だろうとなんとなく思っていたのだが、実際は長編小説だった。会誌に六号連続で掲載されたらしい。会誌の刊行は、現在では半年に一回となっているが、二十年前は隔月刊行だったという。つまり『泥の仮面』は一年間にわたって連載されたのだ。

掲載された全六話は、最終回後、一冊にまとめられた。ごくごく少部数ではあるが、ちゃんと印刷所で刷ったようだ。そのうちの一冊が、見本誌として部室の棚に残されていた。

その見本誌を実際手にしてパラパラとめくりながら、今、犀に真のあらすじを口頭で教えてもらっていた。

「一年間連載か。すげーな。修士論文とどっちが大変だろう」

「好きで書いてたものだから苦痛ではなかったんじゃないか」

「それはそうと、」

俺は『泥の仮面』をパタンと置き、デスクを挟んだ向かい側に座る犀を睨んだ。

「お前、この小説のこと、作者が狩野先生だってこと、狩野と伏野が混同されて伝わってるってこと——全部、前から知ってたんだよな」

「居酒屋で利根さんが俺にこの話をしたときも」

「ああ」

「なんであのとき訂正してくれなかったんだよ」

「もちろん」

犀はけろりと笑う。「いいじゃないか、別に。害があるわけでなし。酒の席で、それは大昔の一学生の作り話なんだぜって言ったって、盛り下がるだけだろ。実在の人物のロマンスってほうがずっと夢がある」

そうだけどさ、と俺は口ごもった。

でも、じゃあ、後からこっそり真相を教えてくれてもよさそうなもんだ。そうする機会はいくらでもあったはずだ。

「とにかく、原作はこれだけ長いし筋も複雑だったからさ。二十年もの長きにわたって伝言ゲームされていくうち、噂に適するように省略されたり改変されたりして、ハルさんが聞いたような珠子物語の形になってしまったんだよ、きっと」

「そういうことだろうな」

原形の確認もしたし、珠子物語に対する調査はこれでコンプリートだろう。

由良は、ボックスの隅の、数十年分の会誌バックナンバーがぎっしり押しこまれた埃っぽい本棚の前に立った。ランダムに一冊引き抜いてはパラ読みし、元に戻し、また一冊引き抜いてはパラ読みし……ということを繰り返す。

「狩野先生が書いた他の小説はないんですか」

「なんで？　読みたい？」

「そうですね、少し」

「狩野青年は、もちろん他にもいくつか小説を書いてる。でも面白いのはやはり『泥の仮面』だ。初めて読むなら『泥の仮面』が一番いい。これ、貸してやるから持っていけ。でも絶対返せよ。もうこの一冊しか残ってないんだ」

「はぁ。じゃあいいです」

「なんで」

「失くすと怖いんで」

犀は眼鏡の位置を直しつつ、眉をひそめた。「お前は失くし物の多い人か」

「他のものはそうでもないんですが、本だけはよくどこかに置き忘れます」

「そうか、それは……怖いな」

「はい。なので事前対策として辞退します」

唸る犀は「しかし手ぶらで帰すってのもなんだな」とブツブツ呟きながら立ち上が

り、窓下に積み上げられている段ボールをどかしたりズラしたりし始めた。やがてお目当てのオフセット誌を一冊抜くと、「やる。一年前の在庫だから無料だ」と由良に押し付けた。

「現代も、なかなかレベル高いんだぞ。プロ志望のヤツとかいたからさ。俺のオススメは『笑う蜻蛉』ってヤツだ。まぁちょっと読んでみ。作品に対するご意見ご感想は常時受け付けてるから」

「はぁ」由良は押し付けられた会誌をパラパラめくり、「犀さんも小説書くんですか」

「いいや。俺は読み専」

サークル棟を出ると、空は全体的にオレンジがかっていた。地面に横たわる影法師の背が異様に伸びていた。傾いた陽は遠景のビル群の中に半分以上沈んでいたが、それでもまだ充分に暑かった。

そろそろ帰りますか、ということになった。

俺も由良も、思う存分駆けずり回って、気が済んだのだった。

俺の住んでるアパートは、学校から徒歩七分くらいのところにある。帰国直後の二月から、ここで一人暮らしを始めた。

由良の家は、ついこの間訪ねたばかりだが、学校からは徒歩だと二十分ほど。普段は自転車か徒歩通学らしいが、ここ最近はバスを使っているという。賢明だろう。今朝の天気予報でも、ラブリーなお天気おねえさんが「今年度の最高気温を記録更新しそうです」と困ったような笑顔で言っていた。そんな猛暑日に二十分も外を歩いてたら、倒れてしまうな。

正門前のバス停まで、一緒に行くことにした。

扉にもらった文芸サークルの会誌を由良からちょっと借りて、何とはなしにパラパラめくる。扉のオススメは、なんだっけ、たしか『笑う蜻蛉』とか言ったな。ページをどんどん送り、ようやく『笑う蜻蛉・前編』を発見。前編ってことは後編もあるんだよな。

そして作者の名前を見て、ギクリとした。

「……白谷」

一年前に不慮の死を遂げた、あの白谷くんか？

彼も、文芸サークルだったのか。

しかし、なんだろう。

何か引っかかる。

だって犀は、俺の「白谷くんとは知り合いだったのか」という問いに、「特に親しいわけでもなかった」と答えた。「人数の多い大学じゃないから同じ学部の同じ学年なら顔見知りにはなる」と。

でも実際には、犀と白谷くんは、同じ文芸サークル所属だったわけで。

これは犀的には「顔見知り」の範疇《はんちゅう》なのだろうか？

にしたって、どうして犀は同じサークルであったことを言わなかったんだろう。言うほど大層なことでもないと思ったんだろうか。

……俺の考えすぎだろうか。

ここのところ、いろいろありすぎたから、神経質になっているだけかもしれない。

などと考え事をしながら歩いていたら、図書館の陰から駆け出してきた女性とぶつかった。

俺はちょっとフラついたくらいだったが、相手は抱えていたカバンを落とした。ポーチやら書類の詰まったファイルやらが、石畳の上に散らばった。

「すみません」俺は慌ててかがみ、ばらまかれた荷物を拾った。

由良も拾うのに付き合ってくれた。

「いえ」と応えた相手は、彫刻研究室の助手であり犀和彦のいとこ、高梁千華子さんだった。

「高梁さん、まだ残ってたんですか」

「ええ、まぁ」と答える高梁助手の表情は、暗く険しいものだった。いつもははつらつと陽気な人柄であるだけに、その落差はちょっと怖いくらいだ。心なしか、顔色も悪い気がする。

しかし、まぁ、無理もない。今回の狩野事件で最も神経をすり減らしたのは、きっと、狩野先生と学生たちの間を取り持った高梁助手だろうから。

「事件のことで、まだ何かやらなきゃいけないことがあったんですか？」

「……そう」

「お疲れさまです」

「うん」

「俺らでなんかできることあったら言ってください」

「ありがとう」と礼は言うものの、表情はやはり晴れない。

かなり疲れてるみたいだな。被害者ヅラしてればいいだけの学生には考え及びもつかないような煩わしい手続きや書類作成なんかがあったのかもしれない。

散らばった荷物をかき集めて無造作にカバンに詰めこみ、こちらに顔を向けることなく「ごめんね」と呟いた高梁助手は、さっさと駆け去ってしまった。

「急ぎの用でもあるのかね」

「さぁ」と首をかしげつつ立ち上がった由良が「あ」と目を丸くした。何事かと彼の視線を追うと、そばに設置されていたベンチの脚の陰に、携帯電話が落ちていた。俺のほうが近かったので、手を伸ばして拾ってみた。キャンディみたいなピンクの丸っこいボディ。慌てて「高梁さん！」と呼びかけるが、彼女はもうとっくに職員用駐車場のほうに姿を消していた。

……ケータイは、さすがに、ないと困るだろうな。

俺は由良に苦笑を向けた。「しょうがない、ちょっと追いかけてみる」

すると由良は俺の肩からカバンを攫《さら》った。「持ってます」

「お、悪いね」

身軽になった俺は、駆け足で高梁助手を追った。

高梁助手の姿は駐車場にはなかった。

駐車場を抜けて、体育館の裏へ回る。高梁助手と思しき女性の後ろ姿がちらりと見えたので、慌てて追う。石彫場に至ったところで舗装道路を越えると、倉庫群が見えてくる――

一日のうちに二度もこの順路を辿ることになるとは思わなかった。

雑木林の中に埋もれるようにして並んでいるプレハブ倉庫は、全部で八棟。どれもさほど大きな倉庫ではない。

石彫場をはじめとして、このあたりには、彫刻関係の施設が集中している。この倉庫群だって、管理しているのは彫刻系の部署だったはずだ。高梁助手は彫刻研究室所属だから、このへんをウロウロしている可能性は高い。

さてどうするか、と足を止めたとき。

八番倉庫のほうから物音がした。

一番北に位置する八番倉庫。これのそばにあるのが、俺たちを散々振り回した某巨匠の知られざる傑作『よもつしこめ』である。もともと異様な雰囲気を持つ石像だが、黄昏時《たそがれ》の薄暗さの中で見ると、一層不気味だった。

正面に回ってみると、やはり、扉が少し開いていた。

普段は鍵がかかっている倉庫の扉が平然と開いているのだから、今し方誰かが出入りしたのは明白であって、今し方このあたりを訪れたはずの彫刻関係者と言えば、それはもう高梁助手しかいないから、高梁助手は八番倉庫の中にいるもの——と、俺はなんの疑いもなく結論づけた。

扉を開け、内部に足を踏み入れる。

古い木のにおいがこもっていた。

「高梁さん？」

八番倉庫内には、木像が所狭しと並んでいた。薄暗いので奥などはよく見えないが、かなりの数だ。作りつけの棚の上にも下にも、みっしりと詰めこまれている。やはり人物像が多いが、螺旋《らせん》が二重にねじれ合っているような抽象像もちらほらとある——

ポケットに入れてあった俺の携帯電話が震えた。ちょっとビックリしつつ、取り出してチェック。最上からのメールだった。俺と扉と由良に一斉送信されている。件名は「やばいかも？」だった。

バイト仲間が、学校の周りを不審なオッサンがウロついてるって言うんで俺も見てみたんですけど、カノ先生になりすましてたあの男に似てたかもしんないです。
遠目だったし、見間違いかもしれないんですけど、
背格好とかパッと見は確かに似てました。
これ、警察に言ったほうがいいですかね？

みしっ。

背後で床板が鳴った。

息を詰めて、振り返る。

開きっ放しの扉の前に、男が立っていた。猫背気味の、背の低い男。水太りした胴と、アンバランスに細い手足。

変な汗が噴き出る。心拍数が跳ね上がる。

男が口を開いた。

「どこへやったんですか」

この声。

あの男だ。狩野先生になりすましていた、あの——

俺はこの声で理不尽に怒鳴られているのだ。間違えようがない。

返事をしなかったせいだろう、先ほどよりも大きな声で、同じ質問をしてきた。

「どこへやったんですか」

「なんの話です」

少し強気な態度で返した。そして、彼に一歩近づいた。もちろん怖いとは思っている。しかし俺は、彼をこの場で取り押さえることも視野に入れていた。体格でも体力でも、きっと俺のほうが勝《まさ》っている。相手は、とてもではないが空手有段者やムエタイの使い手には見えないし、取っ組み合いになっても負けることはないと思う。凶器でも出されない限り——

男は、肩からさげていたバッグに手を突っこんだ。何かのオマケについてきたエコバッグのような、ペラペラのトートバッグ。そこからずるりと取り出したのは、真新しい包丁。どこにでも、それこそ百円ショップにでも売っているような普通の万能包丁だったが、この状況から予想される用途を思えば全身の毛が逆立った。心拍数がさらに上がる。舌が巻き上げられたかのように引き攣る。さほど広くない倉庫の中に緊迫感が充満し、声が裏返りそうだった。

「なんでそんなもの」

しかし、俺がビビってるのと同じくらいに、いや俺以上に、あちらもビビっているらしい。わななく肩からトートバッグが滑り、くたりと床に落ちる。

震える声で三たびあのセリフを。「どこへやったんですか！」

「だから何を！」

「インソムニアのデータです！」

「いんそむにあ？……」

「どこへ隠したんですか！」

「だからなんの話だよ、それ！」

相手は黙った。しかし諦めたのではない。怒気が膨らんでいくのが、表情が見えなくてもなんとなく分かった。

「あなたも私がダメなヤツだって言いたいんですね？」

「はあ？」

「そうです、私は本当にダメな人間です、それは自分でもよく分かってるんです。でもあなたに言われたくないです。私のことなんか何も知らないくせに。警察を呼ぶと言って私を脅すんでしょう」

いやいやいや。今そんな話してねーだろ。

などと言っても詮《せん》無い。

今ここでの会話に必要なのは優しい嘘《うそ》だ。
「あの、事情も聞かずに警察に通報したりしませんから。とにかく落ち着いてくださ
い。何を失くしたのかちゃんと教えてください。インソムニアってなんですか。教え
てくれたら、俺も捜すの手伝いますから——」
バン！
開きっ放しだった扉が勢いよく閉まり、俺と男はビクッとほとんど同じ動きで飛び
上がった。
「え？」
窓もない倉庫だ。扉を閉めれば，ほとんど真っ暗闇になってしまう。
西向きの壁に一ヶ所亀裂があって、そこから細い光が射しこんでくるが、そんなの
はもちろん倉庫全体を照らし出せるような光量ではない。
何も見えない中、ゴトンゴツンという重々しい音が、扉の向こうからいやに大きく
響いてきた。
「おい？」
扉を開けにかかる気配がした。
が、ガチッという不吉な音に阻まれた。

男が呆然《ぼうぜん》と呟く。「……鍵がかかってる」

どういうことだ？　何が起きてるんだ？

俺も今すぐ扉に駆け寄りたかったが、さすがに、包丁を手にぶらさげているヤツの隣に行く気にはなれない。

「え？　どうして？　なんで？　誰だよ？」

男の声は困惑しきっていた。彼の仲間が外にいて、俺たちをここに閉じこめたのかと思ったが、どうも違うようだ。

俺とも男とも関係ない第三者が、扉の外で何かしている——

「誰だ？　そこで何やってる？」

男が呼びかける。

しかし返事はない。

ゴトゴトという得体の知れない音が扉の向こうから聞こえてくるばかりだ。

しかし、その音もやがて止まった。

謎の音がしているのも怖いが、静かすぎるのも怖い。

闇の中でなす術もなく呆然と突っ立っていると、不意に、異様なにおいが鼻を突いた。油のようなにおいだ——と気づいた直後、視界の隅に、小さな火が生まれた。

「……え⁉」

西向きの壁にある一筋の亀裂。その隙間を使って、外から倉庫内に、なんらかの液体が流しこまれていた。その液体が、引火している。

「なんだ⁉」

男が声をひっくり返らせる。

この八番倉庫にぎっしり保管されているのは、大きいのも小さいのも、どれもなぜ保管してあるのかよく分からないくらいボロい木像だ。程よく乾いて、薪にはもってこいだ。火なんかつけたら、倉庫全体があっという間に火の海になるに違いない。

そんなことになったら、俺たちは――

火は、液体の広がった範囲に沿って、走るような勢いで広がった。ほとんど真っ暗闇だった倉庫の中が一気にパッと明るくなって、皮肉にも、そばにあった像の美しい木目がはっきり見えるようになった。

「うわ」

暴力的なまでの熱気に、思わず後退った。

そして、扉の向こうで響いたのは、女の甲走った笑い声。

一瞬、幻聴かと思ったが。

「あんたも熱い熱いって言いながら死ねばいい、ヒシダ！」

そして再び、ガラスを引っ掻くような哄笑《こうしょう》。

この声は、

「……高梁さん？」

確かに高梁助手の声だ。でも、信じられなかった。これ、ホントに高梁さんか？　こんな、狂ったみたいな笑い方してるのが、あの優しくて明るい高梁さん？　俺たちをワンボックスカーで送迎してくれた、ほがらかに笑う元気な高梁さんなのか？……まさか。信じられない。俺の勘違いだろう。きっとよく似た声の別人だ。

そう思いこもうとした。

しかし。

「インソムニアのデータなんか、最初っから存在しないのよ！　ざまぁみろ！」

この声はやはり高梁助手のものだった。

男が「なんだと」と顔色を失う。

ヒシダっていうのは、このオッサンの名前だろうか？　……あれ？　なんだろう、つい最近どこかで聞いた、気がする。いや、待て。狩野先生になりすましていたこのオッサンと高梁助手は、知り合いなのか？　そもそも俺はなんでこんなことに巻きこまれてるんだ？　俺、全然関係ないよな？

もう包丁が怖いとか言ってられない状況だ。俺はヒシダの存在にも構わず扉に駆け寄って、ドンと叩いた。

「高梁さん！　待ってくれ、俺もいるんだ、ここ開けてくれ！」

返事はなかった。

人の気配もしない。

高梁さんはもう立ち去ってしまったらしかった。

「嘘だろお」

そうこうしている間にも火は勢いを増していく。

壁に貼り付けられた火気厳禁を謳《うた》うステッカーが悪い冗談に見える。

「くそ」

ヒシダがそばにあったビニールシートを手に取り、火に叩きつけた。しかしこのビニールシートだって長らく放置されているものだから埃っぽいしパリパリに乾燥しているのである。敢無く着火してしまった。

「わあ」

慌てて放り捨てる。ビニールシートはあっという間に燃え上がった。

床を舐めていた火が木像に移る。わずかな隙間も惜しんで押しこまれている古い木像たちだ。笑えるくらい順調に燃え移っていき、もうどうしようもなくなるのにさほど時間はかからなかった。消火活動は諦《あきら》める。とにかくここから脱出しなければ。しかしこの倉庫に窓はない。隠し扉や地下への脱出口なんてあるわけない。唯一の扉は開かない——

つまり、出口はない。

まさか。

そんなことないだろう。何かあるだろう。

ないなんて、そんなこと、あるわけない。

あまりのことに思考停止しかけた、そのとき、握っていた携帯電話が震えた。俺の携帯電話ではない、高梁助手の携帯電話だ。発信者として表示された名前は「カズくん」。

俺は縋るように電話を取った。「犀！」

『え？』

「俺だ、柏尾だ！」

『なんでハルさんが千華子のケータイを』

「ワケは後で話すから！　助けてくれ！　マジでまずいんだ、火が」

『今どこ』

「八番倉庫、あの像のそばの」

『すぐ行く』

あっさりと通話は途切れた。

あまりにも冷静かつ事務的な対応をされたので、逆に不安になった。……冗談言ってると思われたわけじゃないよな？　ホントに来てくれるよな？

一方、ヒシダはなんとかして扉を開けようとしていた。狂ったように扉に何度も包丁を突き立てていたが、無駄と分かると、今度は扉と壁のわずかな隙間に包丁をねじこんで、ぐぐっと力を加え――

バキン！

包丁は刃元でへし折れた。

まぁなんとなくそんな気はした。

ヒシダは「わあ」と情けない声を上げて、倉庫の中を駆け回り始めた。

俺は自分の携帯電話を取り出した。誰かと連絡を取るべきだと思った。助けを呼ぶべきだと――しかし、どこにかける？　悠長に通話している間にも火は広がっていく。

通話相手が危険を察知して八番倉庫に来てくれるまでの間に俺は丸焼けになるのではないだろうか。

ヒシダが捨てたペラペラのトートバッグが、黒い煙を上げながら消し炭になった。

まずここから出ないと。一秒でも早く。

プレハブ造りの古い倉庫だ、意外と脆《もろ》いかもしれない。そんな希望を胸に、壁を蹴ってみた。体当たりもした。渾身の力で何度もぶつかった。しかし、俺のほうにダメージが蓄積されただけで、壁はビクともしなかった。

そうこうしている間にも煙が充満してくる。変なにおいがする。何より、熱い。炎そのものからは離れているのに、空気が燃えているように熱い。目や喉が焼けるように痛い。息ができない。助けてくれと大声を張り上げることもできない。少しでも煙の少ないほうへ行こうとすると隅っこにしゃがむことになるのだが、それは結局追い詰められているのと同義だった。

まずい。これはホントにまずい。

どうする。どうする。どうする。死んでしまうぞ。

頭の中にピリッと緊張が走った。

……死ぬ？　俺が？

周囲はこんなに熱いのに、手足が凍えたように硬直する。

俺は燃えて死ぬのか。

こんなところで、ワケ分からんオッサンと。

いやだ、という祈りも声にはならなかった。

……やっぱり外と連絡を取るべきだ。携帯電話を握り締める。声が出ないかもしれないけど、もうどうしようもないかもしれないけど、でも誰かに俺の存在を、せめて、せめて――

次の瞬間、倉庫全体を揺るがす轟音《ごうおん》を立てて側面の壁が吹っ飛び、そのへんにあった木像もまとめてなぎ倒した。支柱がやられて倒壊が始まったのかと思った。が、そうではなかった。壁を突き破ってでかい何かが倉庫に飛びこんできたのだ。あれは、軽トラだ。舗装道路に停めてあったヤツだ。荷台の側面に手書きの黒マジックで「彫刻研究室」と記されているヤツだ。運転席にいるのは由良だ。彼は俺の姿を見留めると車内で何か叫んだが、うまく聞こえない。軽トラが瓦礫《がれき》や倒れた木像をバキバキと踏みにじりながら後退する。そこには、当然、大穴が残される。外が見える。草や土が見える。俺より穴に近いところにいたヒシダが、脇目も振らずに外に飛び出していった。一足遅れて俺も走った。無我夢中だった。横たわる木像に足を取られそうになりながらも、八番倉庫の外へ出て、煙をまとわりつかせながら草地に倒れこんだ。涼しい。空気がうまい。酸素を求めすぎたせいで深く咳きこんだ。

由良は軽トラから飛び降りて駆け寄ってくるやいなや、俺をゲシゲシ蹴り始めた。ひどい、どうしてこんなむごい仕打ちを、と驚いてしまったが、どうやら衣服にちょっと火がついていたらしい。焦《こ》げて細く煙を上げていた。火傷もしていた。気づかなかった。

由良に半ば引きずられるように後退し、炎と煙を噴き出し続ける八番倉庫から、さらに距離を取った。

「柏尾さん！　生きてますね」

「へへ、へへへ、うう」

「酸欠でラリってるんですか」

自分では「ありがとう」と言ったつもりなのだが。

舗装道路を挟んだ向かいにある石彫場の陰から、ツナギの一団が顔を出した。石彫場で制作していた連中だろう。おそらく軽トラが倉庫の壁を突き破った音を聞きつけたのだ。彼らは火のついた八番倉庫を見て、驚いたというよりはきょとんとしていた。

「なんだこりゃ」「なんかヤバくね」「いやこれヤバいって」

由良は彼らに向かって叫んだ。「消防だ、消防呼んで！　一一九！」

その声で、ようやく事の重大さに気づいたらしい。反射的に携帯電話を取り出した一人が通話を始め、一人が「火災報知機《ホーチキ》！　火災報知機《ホーチキ》！」と叫びながらどこかへ駆け去った。残りの数人は右往左往する。「どうすればいいの、どうすれば」「おい、職員呼んでこい」「えっ、誰を？　警備員さん？」「警備員さんでも誰でも、とにかく学校職員！」「つーかこの火どうすんの！」

由良は、肩に引っかけていた俺のカバンからペットボトルを取り出して「飲みますか、っていうか飲めますか」と差し出した。大学院棟のエントランスホールで由良が俺にくれたヤツだ。ひったくるようにそれを受け取り、息をするのも忘れて貪り飲んだ。冷えてはいないはずだが、ひんやりとした水分が全身にしみわたった。そしてまた咳きこんだ。

「最上のメールが来たんです。柏尾さんのところにも来たでしょう。あのオッサンが近くにいるかもしれないって内容の。それで、なんか、いやな予感がして」

声が出なくて、咳きこみながら、ただ頷いた。喉が痛い。

「扉の前には廃棄された石像が置いてあって、内からも外からも簡単には開けられないようになってました。完全に殺《ト》る気満々でしたねあれは。誰にやられたんです。まさか一緒に閉じこめられてたあのオッサンじゃないですよね」

「……た、かはし、さん」

ようやく出た声はかすれていた。どうやら気管を少し痛めたらしい。

由良は目を瞠った。「なんで高梁さんが」

耳の奥に、彼女の甲走った哄笑が甦《よみがえ》る。

俺はいやいやする子どものようにかぶりを振った。「よく分からない……でも、あのオッサンと、知り合いみたいだった……」

「アトリエにいた、なりすまし犯ですよね」

頷く。「ヒシダって……」

「ヒシダ？」

「高梁さんがそう呼んでた」

「そのヒシダと高梁さんは、知り合いなんですか」

「そんな感じだった」

「そもそもヒシダはどうしてここに来たんですか。警察が追っていることを知らないわけじゃないはずなのに。誰かに見咎められる危険を冒してまでどうして」

「データを捜してるみたいだった」

「データ？　なんの」

「インソムニアがどうのって」

由良は眉をひそめた。「そうか」

「何」

「インソムニアってのは英語で不眠症って意味です」

不眠症。

その言葉は、ついさっき聞いた。

一之瀬先生のあの印象的な声で。

俺は顔を上げた。「じゃあヒシダってのは」

「菱田弘毅である可能性が高い」

狩野先生の同窓生だったという、『不眠症《インソムニア》』を連載している小説家——

「高梁さんは、菱田に……インソムニアのデータなんか最初から存在しない、ざまぁみろ、って言ってた……」

由良は「なるほど」と頷いた。「『不眠症』の原稿データがある、と言っておびき寄せたのか」

「なんのために」

「倉庫に閉じこめて火をつけてるんですよ。殺すために決まってるでしょう」

「なんのために！」

「それは分かりませんけど」

推理は行き詰まり、俺も由良も黙りこんだ。

一方、外野の皆さんの間では、石彫場の水場から連なるバケツリレーの列が組織されつつあった。誰かが石彫場から消火器を持ってきたが、しかし火はすでに倉庫の屋根まで覆い始めていて、とても消火器一本では間に合いそうになかった。また、石彫場のホースもここまでは届かない。

「八番倉庫はもういい、でも隣の倉庫に燃え移らせるな！」「雑木林に広がったら手に負えないぞ！」「そこの枝、切れ！」

石彫場裏を、多くの男たちがすごい剣幕で駆け回っている。

聞き覚えのある声がすると思ったら、中心になって指示を出しているのは、防塵マスクを首からさげた一之瀬先生だった。彫刻棟はここから程近い。騒ぎを聞きつけたのか煙を見たのか、とにかく駆けつけてきたのだろう。彼のフェロモンボイスは混乱の只中《ただなか》でもよく通った。

由良が立ち上がる。「とにかく消火が先だな。手伝ってきます」

つられてふらふら立ち上がった。「俺も」

「大丈夫なんですか」

「体動かしてたほうがマシ……」

ジッとしていたらいろいろ思い出して泣いてしまうかもしれない。

沸騰《ふっとう》した鍋みたいにてんやわんやしている石彫場の水場に近づいたら、こちらから何か言わなくても担い手の一人と見なされ、くるくると立ち働くツナギの男子学生に、水のたっぷり入ったバケツを「お願いします！」と手渡された——

「ひどい目に遭ったみたいだな」

聞き慣れた声。

俺と由良は同時に振り返った。

二人の背後に立っていたのは、

「犀さん」

まさに戦場と化しているこの石彫場裏で、彼だけが汚れ一つない服をさらりと身に着け、体の芯《しん》に葦《あし》でも入ってるかのようなしなやかさで佇《たたず》んでいた。

俺の格好を上から下までさっと眺め、「巻きこまれたか。災難だったな」と口角を上げる。「千華子だな、火をつけたのは。菱田を殺そうとしたんだ。そうだろ？」

由良が身構える。「なぜ知ってるんです」

「まぁ、ここまで来りゃあ、おおよその見当はつくよ」

「ちゃんと説明してください」

「俺がわざわざ言わなくたって、お前らももう大体のことは分かってるんじゃないのか」

犀は、人の行き来が多くて殺気立っている水場に背を向け、ぶらりと歩きだした。

その後ろを、俺と由良がつかず離れずの距離で追う。

「だって、必要なピースは全部出揃ってるだろ――森で死んでしまった彫刻家。彼はかつてこの学校の文芸サークルに所属し、在学中から彫刻よりも小説に才能を発揮していた。その彫刻家が所持していた連載小説『不眠症』のデータ。そのデータを執拗《しつよう》に追い求める小説家。小説家はそのデータの存在を第三者に知られたくない……と来れば、さあ、もう答えは出てるようなもんだ」

俺は頭の交通整理がうまくできなかったのだが。

由良が静かに答えた。「狩野先生は、菱田弘毅のゴーストライターだったんですね」

えっ、という俺のしゃっくりじみた驚きの声は、二人にはスルーされた。

犀は肩をすくめた。「まぁ商業の世界では別に珍しいことでもないんだろうけど」

そうか。

菱田弘毅が、俺たちに正体を見咎められる危険を冒してまでアトリエに居座っていたのは、原稿データを捜していたから。

一之瀬先生の話では、『不眠症』はどこかの小説誌に連載されていて、面白いと評判で、人気も結構あって、もうすぐ最終回だということだった。

その原稿データであれば、是が非でも手に入れたいに違いない。

水場から少し離れたところで犀は立ち止まった。

そして三人が向かい合う。

「でもどうして高梁さんが菱田を殺そうとするんです」

「そのへんは実に単純明快だ。千華子と狩野先生はデキてたんだよ」

由良が首をかしげる。「狩野先生には奥さんが」

「うん。だから不倫だわな。秘密の関係ってヤツだ。でも、別に不可解な話でもないだろう。ちょっと歳が離れてるけど、そんなの珍しくもないし。彫刻に携わる者同士、気が合ったんじゃないの」

あの高梁助手が。

後ろ暗いところなどなさそうな、あの人が。

「奇妙な話だ」犀はクックと喉を鳴らして笑った。「そっくりだと思わないか。『泥の仮面』の章子に。愚直な彫刻家を愛し、彼の才能を利用して私腹を肥やした者に誅罰を加え、しかし自分の想いは遂げられずに身を滅ぼす……」

最後の言葉に、引っ掛かりを感じた。

身を滅ぼす、だって？

俺は犀に詰め寄った。「高梁さんは、どこだ」

「さぁね」

「さぁねってお前」

「だって連絡取れないし。ケータイはハルさんが持ってるだろ」

そういえば、そうだった。

ずっと握り締めていた高梁助手の携帯電話を、犀に押し付ける。

「心配じゃないのか」

「もちろん心配してるさ。血縁だしな」

と言うが、あまり心配しているようには見えない。

「さすがに死んではいないと思うけど、どうだろう、分からないな。ま、無事だとしても、素直に出てはこないんじゃないか。放火殺人は未遂であってもかなり罪重いらしいし。……それにしても、」

丸っこいピンクの携帯電話を手の中でくるくる弄び、犀は目を細めた。

「すごいよな。自分が愛した男のために、人間を生きたまま、焼き殺そうとするなんて。くだらない能無しをこの世から消したところで、愛した男は戻らない、誰にも褒めてはもらえない、自分にはなんのメリットもない、むしろデメリットのほうが大きいってのに。いやはや」

ふふふ。

悠然と腕組みし、さも楽しそうに笑う。

「女は怖いね。でも、だからこそ絵になる」

俺と由良は二の句を継げなかった。

犀は燃え盛る倉庫を見やった。

愛しいものを見ているような目で。

「よく燃えてるな。綺麗だ」

状況の深刻さを考えずに光景だけを見れば、それは確かに綺麗だった。この世ならぬ美しさだったと言ってもいい。

倉庫を覆いつくした炎は、もはや金色の鰭《ひれ》を揺らして踊る生き物だった。止め処なく立ち昇る黒煙も、時折ぱらりと舞う火花も、突き放すような熱気も、生命力に溢れていた。周囲をちょろちょろ動き回る小さな人間を遍く照らし出す様は、神々しくさえあった。

火事場の背後にあるのは、虫の声も鳥の気配もない、生き物が存在していないかのような静けさを湛《たた》える緑の空間。だからこそ、煌々《こうこう》とした炎の躍動が鮮烈だった。

ぱん。ぱん。ぱき。

途切れ途切れに聞こえてくるのは、何十、何百の木像が死に行く音だ。生が死に軽やかに踏みにじられる音だ。

「火って、こういうふうに燃えるんだな。知らなかった。こんなの滅多に見られないな。ちゃんと見とかないと。目に焼き付けて、いつか火を描くとき活かそう」

犀は顔をこちらに戻した。

夢見るように言う。

「俺はな、今回あのアトリエに行けたこと、すごくよかったと思ってる。すごく参考になった」

その言葉には一欠片のおどけも迷いもない。彼は至極真剣に言っているのだ。心の底から陶然としているのだ。

「滅多に目にすることができないものを、いろいろと見ることができた」

不意に思い出したのは、鼻の奥を刺すようなあの死臭だった。あの森で嗅《か》いだ腐乱死体のにおいだった。思わず口元を手で覆ってしまった。記憶にあるだけのそのにおいのために、気分が悪くなった。

「次描くものはもう決まってる。この感覚を忘れないうちに描く。ホントなら今すぐにでも」

俺は憤ることも呆れることもできなかった。

ただ、彼はもう戻ってこれないのかもしれないという予感がして、哀しかった。

それでも俺は喉を振り絞った。「……ダメだ」

犀は子どものように首をかしげる。「どうして」

「やっていいことと悪いことがある。それは……邪道だ」

「ハルさん。絵に邪道も正道もないんだよ」

違う。そういうことじゃなくて。

俺が言いたいのは。

違うんだ。犀。違う。違う。違う。そうじゃない……

適切な言葉が見つからなくて、俺はただ弱々しく首を横に振った。

犀は困惑した様子もなく、涼しく微笑んだ。「そうだな。ハルさんには分かってもらえないかもしれない。ハルさんは誰かのために物作りする人だから。でも、お前なら分かるよな」

目を見て言われて、由良は顔を歪《ゆが》めた。怯《おび》えて威嚇《いかく》する獣みたいだった。唸り声を上げないのが不思議なくらいだった。

「一緒に、するなよ」

「何言ってるんだ。一緒だよ。お前見てると、俺だけじゃないんだなって思える」

「俺を見て安心なんかするな、あんたと一緒にするな。俺はあんたとは違う」

「いいや。お前は俺と同類だね。お前がなんと言おうと。お前の青い絵。あれの前に立つと、なんとも言えない浮遊感に囚われる」

あ。

俺だけじゃなかったのか。

他の人間も、似たようなものを感じてたのか。

「お前の身に何が起きたかなんて具体的なことは知らないし興味もないけどな。でもあの絵を見てたら分かるよ。お前は自分が負った傷を、痛みを、恐怖を、絵にこめてる。それが観る者に伝わってるんだ。そしてそれこそがお前の絵の力になってる。お前も、負の感情を、絵を描く糧にしてるんだよ。でなきゃあんな絵描けるもんか」

「……違う」

「違わない。お前が無意識のうちにやってることは、俺がやってることと、何も変わらない」

「俺を語るな」

なんか、これは、まずい。

まずい。

俺は、犀と由良の顔をオロオロと見比べるばかりだった。

「お前が絵を描き続けるには、それは必要なことなんだ」

「違う！　俺は」

「お前はこれからも絵を描くだろ。絵を描かなくなるなんてありえないだろ。そうしてればいつか、俺の気持ちを、俺の行動を、否定できなくなる日が来るはずだ」

「それは」

「お前は、そういう生き物だから」

「……うるさい！」

まずいぞ。まずい。

そして、俺は——

「もういいだろ！」

手にしていたバケツの中身を、勢いつけて二人にぶっかけた。

結構な量の水を叩きつけられた衝撃で、二人は大きくよろめいた。それでようやく言葉での斬《き》りつけ合いは止んだ。

犀は眼鏡がずり落ちていた。由良は鼻を押さえて身悶《みもだ》えしつつ咳きこんでいた。

そばを通りかかったヤツが、何事かと目を丸くする。しかし俺には周囲の目を気にする余裕がなくなっていた。手から力が抜けた。カラになったバケツが地面にガランと転がった。

顎《あご》や髪の先からパタパタと水滴を垂らす犀は、ずれた眼鏡の位置を直しながら、俺の顔を横目で見やった。

「なんでハルさんが泣くわけ」

俺は手の甲で頬を拭った。「煙が」

目にしみただけだ。

最後まで言えなかった。声が詰まって。

「もういいだろ」

　喉が痛い。

　言葉がうまく出てこない。

「もうよせ……俺には、それが正しいことだとは……思えない、どうしても……そんなやり方を繰り返していれば、お前、いつか何もかも失って、取り返しが……それから後悔しても、遅い……」

「ここまで言ったのに、まだ分からないのか、ハルさん」

　犀は口元を歪め、笑ってみせた。

　その笑みは、どこか、餓えた獣を思わせた。

「それはな、望むところなんだよ」

「……なに」

「自分の不幸も破滅も、後悔も罪悪感も、全部ぜんぶ糧にして、何もかも筆に載せて、そうして絵を描くんだ、俺たちは」

「お前……」

「そうだろ？」

　促されたが、由良は答えなかった。俯いて、自分の服の裾《すそ》で濡れた顔を拭っていた。

　肯定もしないが、否定もせず。

赤いサイレンの音が近づいてくる。

消防車が到着したことで、現場はようやく沈静した。

ここ何日も雨は降っておらず晴天続きだったわけだが、もともと日当たりも水捌けも悪いこの雑木林近辺はジメッとしており、それが幸いして、広く延焼することはなかった。バケツリレーも功を奏した。八番倉庫の消火ではなく、隣の七番倉庫と雑木林への飛び火を防ぐことを優先したのが正解だった。

巨匠の作である『よもつしこめ』は、火災現場のすぐそばにあったわけだが、石なので焼失は免れたようだ。遠目から見るだけでもひどく煤《すす》けてしまったようだが、彼女に限っては、その汚れっぷりは一層の凄みを付加するための化粧のように見える。

いつの間にかすっかり陽は沈んでしまって、もう西の空の端っこをほんの少し焼くばかりになっていた。紺色の空と燃えた木のにおい。森と水の気配。なんとなく、小学校のときに見たキャンプファイアを思い出した。

疲れた。

初期消火に当たっていた他の人たちにも、疲労の色が見られた。みんなどこかしら煤けていたし、何より汗だくだった。

プロによる消火が始まった石彫場裏には、野次馬がかなり集まっていた。いろんな人種が好奇心と後ろめたさをないまぜにしながらそこにいた。制作室にこもっていたのであろうエプロン姿の女子の一団。何かの配達業者。リクルートスーツを着こんだ就活組。首からIDカードを下げた学校職員。エトセトラエトセトラ。

俺が水をぶっかけてしまったために頭から濡れ鼠《ねずみ》な由良は、未だに滴を点々と垂らしながら、野次馬のほうをぼんやり眺めており——

「いた」

硬い声でそう呟いた。

俺が何事かを訊き返す前に、由良は人ごみの中を縫うように駆けだした。

……あいつ、今「いた」と言ったよな？　確かにそう言ったよな？　今この場でそんなふうに言われる存在は、ただ一人。菱田！

俺は由良の後を追った。

俺から菱田の姿は見えなかったが、由良は迷いなく駆けていた。

駐車場横にある古い建物は、初瀬記念ホールの前身、旧初瀬ホール。この夏期休暇中に取り壊されていることが決まっていて、現在、外壁の大部分をシートで覆われている。工事関係者はもう帰ってしまったのだろう。周囲にはひと気がない。

アコーディオン・タイプのフェンスがわずかに開いていた。工事関係者以外立入禁止のプレートがあちこちにさがっていたが、そんなものには目もくれず、由良はそこに身を滑りこませた。俺も続く。

工事自体はまだ始まっていないようで、旧初瀬ホール内部は、以前使用されていたままの姿だった。ただもう人の出入りがないので、空気はどんより滞っているし、埃っぽい。壁はあちこち薄茶けている。

由良は、天井の高いエントランスホールの真ん中に突っ立って、息を弾ませながらきょろきょろしていた。俺も肩で息をしながら彼の隣に並んだ。

「どこ行った」

「見失いました」

旧初瀬ホールは、老朽化が進んだため取り壊されることになったと聞いている。確かに設備は古く、使いにくかった。とはいえ大きな講堂を備えた三階建ては、展示室やレクチャールームなどが充実していて部屋数も多い。隠れる場所はいくらでもある。

虱《しらみ》潰しに捜すとなると、骨が折れそうだ。

「珠子を使って伏野に優れた像をいくつも作らせ、それをあちこちの展覧会に自分の名前で出品していた安倍は、最後、どうしたんでしたっけ」

「え？」

いきなり何を言い出すんだ。

安倍くんって『泥の仮面』の登場人物だよな。

彼の最期は、確か。

――自分のやったことの恐ろしさに慄いた安倍は、体育館の外付け階段から飛び降り、自ら命を絶った。

血の気が引く想いだった。「……まさか。だって、アレとコレとは関係ない……」

「思い過ごしならいいんですけどね」と一点を指差す。

エントランスホールの隅。非常階段の扉が、開いていた。

まさかとは思う。しかし、何を仕出かすか分からないオッサンだってことは、骨身に染みてよく分かってる。

俺と由良は非常階段を駆け上がった。

三階以上へ向かうための階段はなかった。廊下の隅にあった折りたたみ式の梯子を下ろして昇り、脱出口のようなフタを押し上げて、屋上に出た。

カバーに覆われた換気口が四つほどあるばかりの、いわゆる陸屋根というヤツで、屋上と呼べるほどのものではなかった。フェンスも張られていない。

菱田はギリギリ縁に立っていた。

彼に向かって一歩踏みだす。が、ミリッと嫌な音がして靴底が屋根材に沈んだ。慌てて飛び退いた。ところどころ屋根材が腐っているのだ。なるほど老朽化で取り壊し決定されるだけのことはある。ここを真っ直ぐ突っ切って行くのは、さすがに躊躇われた。薄氷を踏むようなものだ。となれば、彼に近づくには、外周のブロックを渡っていくしかない。しかしそれは、一歩踏み外せばアスファルトの地面に真っ逆さまの、危険な道程だ。

菱田が喚く。「あの小説は私が書いたものじゃないなんて今さら言えません。私が書いていると思うからみんな私のことを尊敬しているのに。唯一の取り柄なんです。それがなくなったらどうやって生きていけばいいんですか。狩野の名前で出た作品なんて誰が読みます？　周囲の人間も私が書いたものを期待してるんですよ。『不眠症《インソムニア》』は私の名前で出すべきだったんです」

なんだかもう支離滅裂だ。

言葉の上では自分を卑下しまくっているが、その実、プライドは妙に高いのだ。これで、こちらの声を聞き入れる態度があればまだ可愛げがあるのだが、彼は一人で気の済むように喋っている。

「狩野が悪いんです。最初は代筆くらいのつもりだったのに。狩野が自分にしか続きを書けないようなものを書くからズルズルとこうなってしまったんです。狩野が言ったんですよ、お前の名前で出していいから書かせてくれって」

由良は一切を無視して訊いた。「あんたはそこで何をしてるんですか」

「恥をかくくらいなら死にます。ここから飛び降ります」

やはりそう来るか。

パフォーマンスかもしれないが危険な状態であることには変わりない。

八番倉庫の小火のおかげで、キャンパス内にはすでに厳戒態勢だ。何かあれば誰かが駆けつけてくれるだろう。消防車も来ている。警察も間もなく来るだろう。プロがフォローしてくれる態勢が整うまで、俺たちでなんとか持ちこたえさせることができるだろうか……

とりあえず、会話して時間を稼ごう。「あの、どうか落ち着いてください」

「止めないでください、私は死ぬんです。私みたいのは死んだほうがいいんです」

「止めません」

菱田は「はい？」と訊き返した。

俺も耳を疑った。

由良は淡々と繰り返す。「止めません。落ちたいなら勝手に落ちればいい」

「おい、何言ってんだ」

由良はくるんと体の向きを変え、俺のほうを見た。

ガラス玉みたいに無機質な目で——

「柏尾さん。俺、高校のとき、校舎の四階から落ちたことがあってね？」

「は？」

「見ての通り、死にはしなかったんですけど」

「そ、それは……大変だったな、って、今そんな話してるときじゃ」

由良は小さくかぶりを振り、
迷子のような顔で言う。「思い出せないんです。落ちていく中で、何を見たか」

「え」

「思い出せない。何を見たのか。どんな色だったか。絶対に見逃さないようにと思って、目を開けてて、だから見たはずなのに。思い出せない。どうしても。だから、描けない。青い絵を完成させることができない。ずっと」

「…………」

「それが苦しい」

次の瞬間、由良に横ッ面を至近距離から殴られた。ねじりこむような回転を加えたなかなか強烈な一撃だった。堪《たま》らず俺はその場にうずくまり、なぜか、X町の宿で彼の兄貴を殴ったことを思い出した。

由良の声が降ってくる。

「犀さんの言葉に腹が立ったのは、図星だからです」

俺が反応を返す前に、由良は膝の高さほどのブロックにひょいと上がり、片側は崖《がけ》っぷちだというのに普通の道を歩くような何気なさでスタスタ進んで、あれよあれよと言う間に菱田のそばに至った。

「さぁ、これであの人も止めません。俺も止めません。心置きなく落ちてください」

「く、来るな。ホントに飛び降りるぞ」

「だから、どうぞ。ここから見た感じだとだいたい地面まで十六、七メートルってとこか。即死できるかどうかは微妙ですけど、でも、打ち所さえ悪ければ死ねますよ。だから、さぁ、落ちて」

むわ、と生ぬるい風が吹き上がってきて、未だに湿り気を残す由良の髪や衣服をもたもたと揺らした。

「落ちてください。それでもし運よく、いや、運悪く、か？　どっちにしても、もし、生き延びてしまったら——俺に、教えてください。何を見たか。落ちていく中で、どんな光景を、どんな色を見たか、教えてください。死に向かって落ちるとき、人間は何を見るのか、俺に詳しく教えてください」

何を言ってるんだ。

俺は唖然とした。

しかし菱田はもっと唖然としていた。

「どうしたんですか。落ちないんですか」

由良は菱田に一歩近づいた。

菱田は一歩後退る。

「できないんですか。手伝いましょうか」

「あ」

「誰かと一緒ならできますか。じゃあ俺と落ちますか」

誘うように腕を伸ばす。

「ひッ」防御するように両腕を突き出す。

由良は菱田のその腕を掴んだ——

まさか、ホントに一緒に落ちる気なのか？

俺はようやく身を起こした。

「ダメだ！」

哀しい。

確かに凡人は、自分の非力さや足掻《あが》く虚しさに苦しめられることがある。凡人たる俺にはそれが分かる。しかし才人は才人なりにしんどいんだって、分かってしまった。見てしまった。その道しか見えなくて。一途にならざるを得なくて。究めるしかなくて。自分が狂うことも構わず、絶え間なく、創り続けるしかなくて。

それを、目の当たりにしてしまった。

自分の心も体も潰して、それでも描かなきゃいけないのか。

どうしても逃れられないのか。

本人たちはそれを哀しいとは思っていないのかもしれない。

でも俺は哀しい。

「やめろ！　由良！」

すでにガラガラになっている声を振り絞って叫んで、一歩前に踏み出した。と同時に、みぞおちのあたりに背中まで突き抜けるような痛みが走った。全身が引き攣り、息が詰まり、思わずその場に膝をついた。腹の底から何かがこみ上げてくる。

熱い塊のようなものが喉を通過する。

鉄臭い。

ごぽ。

吐き出されたのは鮮血だった。

今まで見たこともないような量だった。膝の周囲にバチャバチャバチャと鈍い音を立ててこぼれて広がった。宵の薄闇の中でのことだから、それは血というよりはもう墨汁のように見えた。

しばし、自分の身に何が起こったか分からなくてぽかんとしていたのだが。

ごほ。

噎せるように咳きこんだら、唾《つば》のかわりに血飛沫《ちしぶき》が飛んだ。

それを見た瞬間、全身の血がストンと下がったような感じがした。

意識が遠のいていく。
由良が何か言ったようだがよく聞こえなかった。

ええっと、
なんだって？
落ちゆく光景を思い出せないって？
絵を完成させることができないって？
……はは。
理由を教えてやろうか。
それはお前が生きているから。
生きている者には見えない色がある。
生きている者には描けない絵がある。
そんなことも分からないのか。

人間の体が死後徐々に崩れてしまうのは、腐敗と自己融解のためだそうだ。

腐敗とは、有機物が微生物によって分解される過程。自己融解とは、体内で生成した酵素が自身の体を構成するタンパク質や脂質を分解してしまうこと。

生きている間、消化液は胃腸の内容物だけを消化するが、死んで諸器官の活動が停止し胃壁や腸壁が粘液などで守られなくなると、胃腸そのものまで消化するようになる。で、ここに腐敗細菌などが取りついて、有機物を分解し始める。

死後、最初に腐敗が始まるのは、消化器系なのだ。


十二指《し》腸《ちょう》潰瘍《かいよう》だった。

大量に吐血《とけつ》して意識を失った俺は、救急車で近くの総合病院に運ばれた。なんらかの処置を施されたようだが覚えていない。気づいたときには、薄いグリーンのカーテンで囲まれたベッドに、腕に太い点滴の針をぶっ刺されて横になっていた。ついでに火傷の処置もされてあった。

十二指腸潰瘍は、胃《い》潰瘍《かいよう》と合わせて消化性潰瘍と呼ばれる。胃・十二指腸内における攻撃因子と防御因子のバランスが崩れることによって、自らの胃液で粘膜の一部が深く欠損してしまう病気である。原因としては、近年よく言われるのは粘膜内に棲息《せいそく》するピロリ菌の関与であるが、ストレスも依然として充分に推測されウニャウニャ。

難しいことは置いとくにしても、これだけは言える。

俺は自己融解したのだ。

死んでいたら腐敗が始まっているところだ。

生きてたからよかったようなものの。

なんてことを考えながら、医師や看護師が去って静かになった病室の天井を、ぼんやり見ていた。俺はどのくらい意識を失ってたんだろう。今は何月何日だ？

【八月六日】

意識を失っていたのはせいぜい数時間だった。

真夜中であったが、俺が救急車で病院に担ぎこまれたと聞いた母と柏尾さんはすっ飛んできて、開口一番で「だから家に戻ってこい」と言った。何が「だから」なのかよく分からなかったので話を聞いてみると、俺が倒れたのは帰国直後に一人暮らしを始めたことが大きな要因だと考えているらしい。もともとこの二人は、俺が一人暮らしをすることにいい顔はしていなかった。俺が二人に気を遣って出て行ったと思っているのだ。いやいや、そうじゃないよ。確かに、新婚さんに遠慮したというのは理由としてあるが、どちらかというと「一人暮らししてみたかったから」というほうが大きいんだ。二人が再婚したっていうのは、俺にしてみれば、一人暮らしを始めるきっかけでしかないんだって——と説いて聞かせるも、俺の緊急入院に動揺している二人はまともに聞き入れてはくれない様子。これについてはお互い冷静にならなければいけなさそうだし、もう遅い時間でもあるから、「退院したら話そう」ということで一旦保留となった。

午後になってから四人部屋に移された。

隣のベッドは腸捻転《ちょうねんてん》で入院しているという三十代の会社員だったが、彼の元には嫁かカノジョか知らんが小柄で可愛い女性が出入りし、甲斐甲斐《かいがい》しく身の回りの世話をしていた。けッ。あー、くそ、俺もカノジョ作ろう。と思った矢先に野郎が見舞いに来た。しょっぱい。

由良であった。

「どんな具合ですか」

「おかげさまで絶好調ですぅ」

俺は今やさぐれている。

彼の口から、その後のことが語られた。

俺が倒れた時点で由良は菱田のことをガチ無視し、所持していた携帯電話で一一〇やら一一九やらに通報。菱田は飛び降りるタイミングを逸したものの、異様な展開に腰が引けてその場から逃げ出そうにも逃げ出せず、無意味に由良の周りをウロウロしていたが、やがて駆けつけた学校の警備員に取り押さえられたという。そのまま警察に連行され、現在取調べ中。

「俺も事情聴取を受けました。ハルさんのところにも近々来ると思う。ちなみに狩野夫人は、知人宅に隠れていたところを発見されたそうです。こちらも現在取調べ中」

「うーん……なぁ。あのさ、聞くだけ野暮かもしんないけど、狩野夫人が菱田に協力してたのって」

「不倫関係にあったから」

「……ですよねー」

なんていうか、ホントに『泥の仮面』の世界そのままだな。

伏野の才能を卑怯な手段で利用した挙句、伏野を愛する章子からの報復を受けた安倍。伏野にいい顔しながらも、安倍に付き従っていた珠子。『泥の仮面』作中では、二人とも、かなり悲惨な結末を迎えていたけど。

優れた物語というのは、誰が意図したわけでなくても、現実に影響を及ぼすものなのだろうか――

「あっ、そうだ。高梁さんはどうした?」

「昨日のうちに自首してます。火をつけたその足で、近くの交番に転がりこんだらしいです」

「……そうか」

無事なのか。

もし章子のように死んじゃってたら、やりきれないなぁと思っていたが。

さすがにそれはなかったか。

「お咎めなしってわけにはいかないんだろうな」

「そりゃあね」と由良は肩を軽くすくめた。「罪自体は高梁さんのほうが重いだろうけど、でも、菱田の社会的制裁は相当なものになると思いますよ。酌量の余地がないし、それに——そうそう。今後、余罪も追及されるとか」

「余罪？」

「一年前、油画科の白谷という学生が、事故か自殺かはっきりしない不可解な死に方をしたらしいんですが」

「……知ってる」

曰く。

文芸サークルに所属していた白谷は、ＯＢである狩野先生の作品の熱烈なファンでもあり、どういうコネがあったのかは未だ不明だが、いつしか個人的な交流を持つようになっていたらしい。プロ志望である白谷と業界事情を多少なりとも知っている狩野先生の間には、師弟関係のようなものが築かれていたと思われる——その中で、ゴーストライターの件を知った可能性が出てきたのだという。

「じゃあ、何か、白谷くんが死んだのは、まさか、菱田が事故に見せかけて？……」

「かもしれないので再捜査される——って話を、事情聴取のときに聞いたんです。これについては、どう転がるのか、まだ分かりません。これからです」

「そう、か」俺は溜め息をついた。「じゃあ、『不眠症』は、今後どういう発表のされ方をするのかな。狩野先生の名前は出るのかな」

「それも、まだ分かりません。出版社のほうだって、今ようやく知らされたばかりって頃合じゃないですか。なんせ昨日の今日だし」

そう。あの狂乱から、まだ二十四時間も経っていないのだ。

なんだか変なカンジだ。

もうずいぶん遠い昔のような気がするのだが。

俺は深々と溜め息をついた。「ところで、なぁ、由良」

「はい」

「お前、兄貴のほうだろ」

言われた由良は、言葉もなく目を瞠る。

「アタカだろ、お前。カナタじゃないだろ」

由良は口元を歪め、

フンと鼻で笑った。「なんで分かったんです」

「分かるよ、そりゃ」

「俺が本気でカナちゃんのフリしたら、大抵はうまく騙せるんだけど」

「自信過剰だ」


さて、ここで問題。

なぜ俺は、ここにいる由良を、由良宛であると見破ることができたのでしょうか？

至極単純。

由良彼方は俺のことを「柏尾さん」と呼ぶ。「ハルさん」とは呼ばない。

それだけのことだ。

わざわざ種明かしする必要もないので、由良宛には黙っておく。

「春川《はるかわ》というのは偽名だったんですね」

そう言って、由良宛はベッドのネームプレートを指差した。

そこには「柏尾遥《はるか》」と記されている——

「……春川は、偽名じゃない。俺、名字変わったんだ。あの町から帰ってきて、わりとすぐに」

「へぇ？」

「春川は旧姓だ。今は柏尾」

「なんでまたいきなり。婿入りでもしたんですか」

「いや、あのね、俺は婿入りしたんじゃなくて」と、幾度となく繰り返してきたあの説明を、ここでも一通り述べる。

「じゃあ、以前はハルカワハルカって名前だったんですか」

「そう」

「魔法の呪文《じゅもん》みたいな名前ですね」

「否定しない」

言い訳があるとすれば――

俺に「遥」という名をつけたのは、布施正道だ。俺の母・寿子《ひさこ》は布施正道と結婚するつもりだったから、息子の名は「布施遥」になるはずだった。しかし、婚姻届を出す段になったところで、布施正道はとんずら。捨てゼリフは「誰にも俺を縛ることはできない」だったそうだ。ウケを狙《ねら》ったわけではなく至極真剣に言ったというあたりがさすがだ。言動がイタいのは布施正道の基本仕様である。ダメだこりゃと見切りをつけた寿子は潔く未婚の母となり、俺は母方の姓「春川」を名乗ることになった。「春川遥」の誕生であった。

が、この夏からは「柏尾遥」になったので、これもう過去の話。

春川のハルではなく遥のハルとして捉えれば、今後も「ハルさん」というニックネームで呼ばれることは、まったく無問題である。

問題は由良弟だ。

なんせ、あいつの名は「彼方」だし。

俺と由良彼方が二人で並ぶと、まるで大物漫才コンビのようではないか。

気にしすぎかもしれないけど。

「そういや、由良さん家のカナタローくんは、どうした」

「一緒に来てますよ。でもあのヒト、病室ってものが苦手でね。今は、そうだな、屋上あたりにいるんじゃないかな」

なんだそりゃ。入院してる人間を差し置いてなんとマイペースな。

まぁ、彼らしいけどさ。

隣のベッドのカーテンがさらりと開いた。腸捻転会社員がベッドを降り、可愛いパートナーと仲良く寄り添い合いながら、病室を出て行った。「おごるよ」「いいからいいから」という会話が聞こえてきたので、カフェか散歩にでも行くのだろう。

引き戸式のドアが滑らかに閉まる。

それを見るでもなく見ていた由良宛が、ぽそりと言った。「今日は、ホントは礼を言いに来たんです、俺」

「礼？」

言われる心当たりがないし、何より、よりにもよって由良宛がこういう謙虚な態度を示すってこと自体が不気味で怖い。

身を引きつつ慎重に訊く。「なんの礼だ」

「ハルさんがあの場にいてくれてよかった、と思って」

「あの場って」

「菱田と彼方が向き合ったとき」

「……ああ」

底のほうだけにわずかに赤さを残す紺色の空の下、ぬるい風が吹き上げてくる朽ちた屋上で。

菱田を前に、由良彼方は言った。

――教えてください――落ちていく中で、どんな光景を、どんな色を見たか、教えてください――死に向かって落ちるとき、人間は何を見るのか、俺に詳しく教えてくださいー―誰かと一緒ならできますか。じゃあ俺と落ちますか――

彼はたぶん、本気だった。

あれは挑発やハッタリなどではなかった。

そばで聞いていた俺には分かる。

世の中には、創作のためなら身を削ることも厭わない人間がいる。

「彼方からその話を聞いたときは、ゾッとしました。一歩間違えてたら、彼方は無事じゃ済まなかった。体も心も取り返しのつかないことになっていた」

軽く唇を噛んで、由良宛は二の腕をさすった。

病室だから冷房が効きすぎているということもないはずだ。彼が凍えているのは内からこみ上げる恐怖のためだろう。

「何事もなかったのは、ハルさんが空気を読まずに吐血して倒れて状況を御破算にしたからです。ハルさんが体を張って止めてくれたようなもんです。だから、ありがとうございました」

「……そんな」

「いえ、これは、本当に」

「俺は何もしてない」と口の中にこもるような返事をしつつ、直感した。

訊くなら、今かも。

そんな気がした。

「あのさ、その代わりというわけではないけど、一つ、教えてほしいことがあるんだ」

警戒される前に、続けて一息に言ってしまう。

「X町でお前が言ってた『ある人』ってのは、お前の弟のことじゃないか？」

由良宛は顔を歪ませた。

何かを懐かしんで微笑しているようにも見えたし、静かに怒っているようにも見えたし、何かを哀れんでいるようにも見えた。

「なぜそう思うんです」

「それは、いや、なんとなく」

「…………」

「っていうのも無責任だな。そうだな。えっと、なんていうか……これはあくまで俺の勘だけど、お前があそこまで捨て身になって形振り構わず何かをするっていうのは、よっぽど大事な身内のためじゃないか、と思ったんで、それで」

由良宛は何も言わず、俺の顔からつと視線を逸らした。

沈黙は肯定、と受け取っていいのだろうか。

口火を切ったのは俺だが、こうも意味深に黙りこまれるとやはり気まずい。ふらふらと所在無く目を泳がせた末、そばの窓に視線を逃がした。

つられたのか、由良宛も窓に目をやった。

今日も、迷惑なくらいの快晴だった。

ガラス一枚隔てた外の世界は、焼け付くように輝いている。白だ。夏の間、木々も建物も道路も空気さえも、世界のすべては凶暴な白で塗り潰される。強烈な陽射しの色。ぎらつく照り返しの色。青も赤もありはしない。この白い景色の中では、人間などただの黒い影だ――

「半分、合ってる。でも半分は間違ってる」

窓に目を向けたまま、由良宛はひどく淡々とした声で言った。

「俺が××県まで行って布施正道を捜したということを、弟は知りません。知らせたくない。ハルさんにも、黙っていてほしい。それを約束してくれるなら、ハルさんが知りたいこと、今この場でなんでも教えます」

「約束するよ」

即答した俺を、困惑するような、それでいてどこか安堵したような複雑な表情で見やり、ほとんど口を動かさないような小声で、お願いしますと呟く。

そして俺は彼と彼女の物語の片鱗《へんりん》を知る。

ちょうど点滴が終わったので、散歩がてら、一人で屋上に上がってみた。

蝶番《ちょうつがい》が耳障りに軋む鉄の板じみた扉を開けると、コンクリートの床材ばかりが広がる平坦《へいたん》なグレー一色。思ったよりだだっ広い。外周を囲むフェンスの背の高さがなんだか生々しい。

真夏の午後の屋上だ。さぞや、と覚悟して表に出たが思ったより暑くなかった。風が強いせいだろう。

細い物干しロープが何列も張りわたされていたが、洗濯物はなかった。端っこに、いかにも忘れ物といった風情で白いフェイスタオルが一枚残っているきり。風にバタバタ煽《あお》られて、白旗を振っているようだ。

ひと気がないせいだろうか、なんだか荒涼としている。

由良彼方は、給水タンクが作る影の中にぼんやり突っ立って、遠景を眺めていた。この病院は街を見下ろせる高台にある。周囲に高い建物もなく、見晴らしは非常にいい。

俺の顔を見留めると、由良彼方は「俺が殴ったせいであんな大量出血したのかと思いました」と無表情のまま言った。

「バーカ、あんなへなちょこパンチ効くか」

眼下に広がるミニチュアめいた街並みは、熱した油のような大気と蝉の声の中でぐらぐら揺れて、現実感を希薄にしている。このまま放置していたら、背後に迫る入道雲に押し潰されるんじゃないだろうか。空のパッキリした青さが少し怖い。

思ったよりは暑くないがやはり暑いことに変わりない。早くもじわりと汗が滲んできた。しかしごうごうと獣が吠《ほ》えるみたいな風が絶え間なく吹きつけてくるから、不快ではない。そして由良は、案の定、汗一つ浮かべていない。

「柏尾さん」

由良はフェンスの向こうに視線を固定したまま言った。

風に紛れそうな声だった。

「どうしても逃れられないものから逃れるにはどうすればいいと思いますか」

難しいこと訊くね。

しかし、幸か不幸か、俺はその問いに対する俺なりの答えを持っていた。

「立ち向かう」

その言葉を発するだけで、いろんな人たちの顔が思い浮かぶ。

優しい顔も、懐かしい顔も、二度と見たくないような顔も。

一つ一つが俺の脆弱《ぜいじゃく》な部分を潔癖に刺していく。

「世界のどこに逃げようと、結局、自分は自分なんだから。周囲の環境が変わっただけで、自分が変わったわけでも、自分が抱えてるものから逃れられたわけでもないんだから——だったら立ち向かうしかない。その場に踏み止まって戦うしかない。噛みついてねじ伏せて、もういいやって思えるまで、どんなにみっともなくても」

へっへっへ、と場違いに笑ってみせる。

クサいことを言っている自覚はあるので、照れ隠しの意味合いもある。

「自宅から離れた世界の果てでそれに気づくとな、すっげーヘコむぞ。俺こんなところまで来て一体何をやってんだろー、ってね。これ、実体験な」

つられたのか、それともお愛想か、由良もちょっと笑った。

その微笑は何気ないからこそ哀しげだった。

高台にあるこの病院の屋上で、由良は顔を上向ける。そして目を細める。青い空のさらにその向こうを透かし見ようとでもするかのように。

なぁ、
何が見える？

入院患者の主な仕事はベッドの上で暇を潰すことと見つけたり。

家族友人から見舞いの品として雑誌やら携帯ゲームやらが差し入れられ、それは有難かったのだが、そもそも体を動かせないのが辛い。ずっと寝ているから眠くもないし、暇に飽かせてカバンの中を整頓《せいとん》していたら、文庫本が出てきた。『ハムレット』だった。八月五日、学校の上層部から呼び出されて第一会議室に向かう直前、犀が売店で買ってきて、「最初で最後のプレゼント」と銘打って贈ってくれた、あの一冊だ。

文学めかすには好機だろう。

パラパラとではあったが読んでみた。

そして、ある場面に至り、
得心した。

ああ、これのことだったか。と——

そうして、オフィーリアはきれいな花環をつくり、その花の冠を、しだれた枝にかけようとして、よじのぼった折も折、意地わるく枝はぽきりと折れ、花環もろとも流れのうえに。すそがひろがり、まるで人魚のように川面をただよいながら、祈りの歌を口ずさんでいたという、死の迫るのも知らぬげに、水に生い水になずんだ生物さながら。ああ、それもつかの間、ふくらんだすそはたちまち水を吸い、美しい歌声をもぎとるように、あの憐れな牲えを、川底の泥のなかにひきずりこんでしまって。それきり、あとには何も。

シェイクスピア『ハムレット』新潮文庫
訳・福田恆存

「なぁ、由良を見かけなかった？」

美祭運営委員会の半被を羽織った八坂と桂を発見したので、捕まえて訊いてみた。

しかし彼女らは首をかしげるばかりだった。「うーん、知らないわ」「悪いけど」

「そうか」

俺は礼を言ってその場を離れた。

歩きながら、途方に暮れる。由良が行きそうなところなんか思いつかない。由良が普段入り浸っている制作室はもうとっくに覗いて、その不在を確認してしまった。彼のことだから、ハレもケもなく制作に明け暮れているんじゃないかと思ったのだが、意外にもアテが外れた。

十月末日。

今年も本校において美術大学祭、通称・美祭が華々しく開催された。

一日目は、残念ながら雨に降られた。が、幸いにも二日目には上がった。そして、どなたの日頃の行いがよかったおかげか、本日三日目も晴れた。例の仮装パレードも、つつがなく行えそうだ。日曜日でもあるし、大勢の客が訪れるに違いない。

とはいえ、一般客入場まではまだ時間がある。学生ばかりがうろつくキャンパス内は、まだまだ落ち着いていた。しかし、これは嵐の前の静けさなのだと、すでに過去三回、美祭を見てきた俺は知っている。

模擬店が並ぶ屋台村エリアを歩いていて、ふと思い出した。そういえば、由良はラーメン研究会に所属しているのだ。このサークルは、美祭にはいつも欠かさず出店し、スープから作りこんだこだわりの自家製ラーメンを実際に作って販売している。

いざ捜し始めると、ラーメン研究会のテントはすぐに発見できた。「首をかしげるほど美味いラーメン／数量限定／お早めに」と手書きされた赤いのぼりがよく目立つ。

表から訪ねると客と紛らわしくなるので、裏に回る。

いかにもラーメン屋らしい湯気立つ寸胴鍋《ずんどう》が置かれたテントの下には、頭にタオルを巻いた男子学生が一人だけいた。胸のところに明朝体で「店長」と明記されたエプロンを着けている。

彼に声をかけ、由良の所在を尋ねる。

「いや、分からないです。早朝に一度だけ顔出したっきりですね」

ここもダメか。

俺のガックリした表情を見て、店長は首をかしげた。

「捜してるんですか」

「ええ、まぁ、ちょっと」

「ケータイかけてみましょうか」

「いや、俺も何回もかけてるんですけど、ずっと電源切ってるみたいで」

「そっか」店長はウーンと唸って腕組みした。「あいつ、今日は店番に入ってないんです。一日目と二日目、ずっと入ってくれてたんで、今日は終日フリーってことになってて。だから、今日ここにまた戻ってくるかどうかも、ちょっと分かんないですね」

「そうなんですか」

「どうしましょうね。この広い会場でヒト一人をアテもなく捜すってのは、かなり骨が折れるでしょうし」

「そうなんですよねぇ」

「ま、とりあえず、ラーメン食っていきません？　急いでなければ」

「え、ああ、そうですね、じゃあ」

財布を取り出そうとしたら、店長に手で制された。

「試食ってことで。予算のアレがあるんで、サイズは一番ちっちゃいクォーターになっちゃいますけど」

「えっ？　いやいや、払います払います」

「いいですよ。味見てもらうんだから。その代わり、行く先々で宣伝してください」

すげーな、この貫禄《かんろく》。この人もう店長以外の何者でもねーな。

お言葉に甘えることにした。

この模擬店、メニューは自家製ラーメン一択だが、サイズは並以外にも、大盛り、ハーフ、そしてクォーター、と四種が用意されている。このクォーターサイズってのは、ちょうど味噌汁椀《わん》くらいの大きさの器で供される。少なそうに見えるが、これくらいでもスープや麺は充分味わえるし、なるとや豆もやしなどのトッピングもちゃんと入っている。振舞ってもらうには十二分だ。

しかも、うまい。ホントのラーメン屋で出てもおかしくないくらいの本格的な味だ。のぼりの文句に偽りなし。思わず首をかしげてしまう。「うまいっすわ」

「ありがとうございます」

「この分量も、いいですね。するっと食いきれて」

すると店長の顔がパッと輝いた。「でしょでしょ。こういう祭りっていっぱい屋台出るから、どうしてもいろんなものちょっとずつ食べたくなるじゃないですか。ラーメンだって、このくらいの量がちょうどいいんですよ。子どもや女性にはハーフサイズでも多いくらいだし。実際、よく出てますよ、クォーターサイズは」

そのとき、カゴを抱えた男女が「戻りました」とテントの下に入ってきた。二人に、店長が「なぁ」と声をかける。「由良って今どこにいるかな?」

男子は「さぁ」と肩をすくめたが。

女子が明るい声で言った。「さっき見かけた」


本棟と研究棟の間の抜け道を足早に進む。

すれ違った女子二人組が、そろって歌舞伎《かぶき》役者のような白塗り&隈取《くまどり》メイクをしていた。普段であればちょっとギョッとしているところだが、この三日間は誰がどんな格好をしていても驚かない。

正門を入ってすぐのところにある初瀬記念ホール。

腕時計を見る。一般入場開始まであと三十分弱。大抵の学生は、模擬店や展示の準備に追われている時間である。そのせいもあってか、ホール全体が閑散としていた。待機スタッフの姿さえ見えない。

第一展示室に入る。

ここは、美祭開催中、主に油画科の学生の作品が展示される。

由良は、ある絵の前でつくねんと突っ立っていた。

「いたいた。やっと見っけた。捜したぞ」

由良は俺に気づくと、淡白に目礼した。

直接顔を合わせるのは久しぶりだった。以前会ったときより、だいぶ髪が伸びていた。しかし、オシャレのために伸ばしているわけではないということは、その残念なボサボサっぷりで一目瞭然《いちもくりょうぜん》である。

「お前、ケータイの電源切ってるだろ」

「切ってません」

ジーンズのポケットから携帯電話を引っ張り出して画面をチェックし、

「充電が切れてました」

「あ、そ……」

既視感あるな、このやりとり。

俺は由良の隣に並んだ。

誰の絵を見てたんだ？　そう尋ねるべく口を開いた。しかしその言葉は喉の奥に引っかかって、たちまち消えた。尋ねるまでもなかった。

「これは」

見た瞬間「すごい絵だ」と思った。

同時に「怖い絵だ」とも、思った。

由良が描いた青い絵を初めて見たときと同じく、いや、あのときよりももっと強烈に、そう思った——

形容しがたい不快感が意識の奥底でざわめく。

背中を冷たい手で撫でられているような。

皮膚の柔らかい部分をカリカリと引っ掻かれるような。

そうして観ていて思い出したのは、死臭。

さらには、蝿の羽音が、蛆の蠢く音が、耳の奥に甦ってくる気さえしてしまう。

見つめ続けるのに、精神力をやたらに必要とする絵だ。

露骨な表現は何一つない、しかしこんなに酸鼻《さんび》極まる絵など見たことがない。

描かれているのは、一人の女だ。

黒髪の、白い肌の、美しい女。

仰向けになり、陶器的な微笑を浮かべている。焦点を結ばない茫洋《ぼうよう》とした視線は彼女が正気でないことを示し、それなのに、ほんの少しだけ開かれた唇はひどく物言いたげで、思わず耳を寄せてしまいたくなる。

女の周囲に漂う〈黒〉は、女の髪の毛であるはずなのだが、不吉を告げる黒煙にも見えるし、誰かの怨念が具現化したもののようにも見える。

身にまとう〈赤〉の衣は、輪郭が曖昧で、女の白い肌から染み出た鮮血のようでもあり、凝固しかけた瘡蓋《かさぶた》のようでもある。

そんな女が、今にも水中に没しようとしている……髪の〈黒〉と衣の〈赤〉の濃淡だけで、それが表現されている。水は直接的には描かれていない。だから、見ようによっては、彼女は水などではなく、他のもっと恐ろしい何かの中へ沈んでいこうとしているようでもある。

赤と黒だけで描かれたような絵。

肌の色や、周囲に散らされた花弁など、実際には様々な色彩が用いられているのだが、すべての色が褪せて見えるほどの強烈な存在感を放つ〈赤〉と〈黒〉。こんなにも獰猛《どうもう》で力強い二色で描かれているのは、しかし、今にも背景に溶けて消えてしまいそうな、儚《はかな》げな女なのだ。

異様な絵だ。

しかし、目を逸らすことができない。

「……聞いたか？　犀、卒業したらドイツに留学するんだって」

由良はことんと頷いた。

「でさ、俺、いろいろとその後のことを聞いてきたんだけど……菱田は、やっぱり、白谷くんの殺人容疑で再逮捕だって。『不眠症《インソムニア》』は打ち切り決定。残念だけど、でも仕方ないかなという気もする。事が事だし、最終回の原稿も結局存在しないみたいだし」

由良から反応らしい反応は返ってこなかったが、耳は傾けられているものと勝手に信じて、俺は一人で話し続ける。

「白谷くんに狩野先生を紹介したのは、高梁さんだったらしい。でも、白谷くんと高梁さんの間を取り持って、狩野先生と会えるよう計らったのは、犀なんだって。犀は、その頃からもう知ってたんだな。狩野先生と高梁さんが親しい関係にあるって。それと——お前、『笑う蜻蛉・前編』、読んだか？」

由良は静かにかぶりを振る。

一年前の文芸サークルの会誌に載っていた、白谷くんの作品。

「俺、読んだんだけどさ……驚いたよ。ある小説家とそのゴーストライターがいがみ合うっていうミステリーっぽい内容なんだけど、あれは、完全に、狩野先生と菱田のことだ。さすがに登場人物の名前は変えてあったけど、でも、読む人が読んだら分かったんじゃないかな。『笑う蜻蛉』は、白谷くんの告発文だったのかもしれない。残念ながらほとんど誰にも気づかれなかったけど。白谷くんが亡くなってしまったから、後編が世に出ることもなかったし」

俺が黙ると、このだだっ広い展示室は、針が落ちる音も響くような静寂に包まれる。

すぐ隣に立つ由良の呼吸音さえしない。

一つ空咳して「これは、俺の推測でしかないんだけど」と言い訳じみた前置きをする。

「犀は、たぶん、何もかも知ってた。最初から。狩野先生が菱田のゴーストライターだったことも。白谷くんの死因が事故でも自殺でもないことも。『笑う蜻蛉』が意味していることも。それに、きっと、狩野先生の顔も」

こんなことは、あえて言葉にするべきでないのかもしれない。

でも、言わずにはいられなかった。

一人で抱えておくには重すぎた。

「だから、菱田がアトリエから狩野先生のフリして出てきた瞬間に、気づいたはずなんだ。狩野先生の身に何が起きたのか。予想もできたはずだ。これから高梁さんがどういう行動に出るのか……でも何も言わなかった」

なぜ？
それはもちろん、
至上の一枚を描くため。

由良は、どう感じているのだろう。
嫌悪している？
畏《おそ》れている？
不可解だ、と訝しく思っている？
それとも、
悔しい？
彼はわずかに眉をひそめた表情のままで、何も言わない。

1

別に好きで満員電車なんかに乗っているわけではない。乗らなければ通学できない電車が満員電車だったのだ。一本や二本ずらしたくらいじゃ大差はない。すいている電車に乗ろうと思ったら、毎朝遅刻するしかない。

車両内は酸素が薄く感じられ、じっとりと重苦しい。まだ六月なのにこれだけ不快指数が高いとなると、七月や八月、本格的に暑くなってきたらどうなってしまうんだろう。考えるだけでげんなりしてしまう。一年生の僕にとって、夏の満員電車はまだ未体験ゾーンだ。できれば体験したくないが、そういうわけにもいかない。

しかし、今朝のこれくらいの混み具合なら、まだマシなほうだ。ピーク時は、戸口からもこもこと溢《あふ》れ出る乗客を駅員が全力で押しこまなきゃドアが閉まらない。このときの駅員の手つきときたら到底人間を扱っているとは思えない粗雑さだし、それがないだけ、この電車はまだマシと言える。

車両内は大部分がオッサンとオバサンで占められているが、僕と同じ学校の制服を着たヤツも、ちらほらいる。僕の視界の中にも、約一名。七人がけの長座席の向こう側、ドア付近。カバンを胸にギュッと抱いて俯《うつむ》き、小柄な体をさらに小さく縮めている、長い髪を二つ結びにした女子。あれは、僕と同じ美術部に所属している絹川《きぬかわ》だ。家のある方向が一緒らしく、登下校時、ときどき同じ電車になる。が、僕らはまともに口をきいたことがなかった。「各自、好きなときに好きなことをする」という活動内容を掲げる美術部だから、口をきかなかろうが仲良くなかろうが、別に差し支えないわけだ。

それはそれとして。

たぶんだけど、あいつ、痴漢されてる。

現在進行形で。

触ってるのは、絹川の背後にピッタリくっついたオッサンだろう。歳は三十代後半ってとこか。無難なスーツに無難なネクタイを締めた、どこからどう見ても普通のサラリーマン。周囲にひしめき合っているその他大勢と同化して、見事に個を消している……が、よくよく見ると、微妙に挙動不審。

僕は目を逸らした。だって、僕には関係ないし。絹川の問題なんだし。痴漢を退けたいと思うなら、悲鳴を上げるなり、周囲に助けを求めるなり、逃げるなり、なんらかのアクションを起こせばいい。遠く離れたところにいる僕には関係ない。大体、あのオッサンが本当に痴漢かどうか確証はない。僕の勘違いかもしれない。真相は絹川のみぞ知る。僕は知らない。だから見なかったフリ。厄介事には巻きこまれたくない。

僕は顔を上向け、中吊《なかづ》り広告を見るでもなく見る。

スシ詰め地獄を十分ほど耐えると、大きなターミナル駅に到着する。ここで乗客は大勢ドッと降りるから、人の流れに身を任せていれば、自分も自然と降車できる。

絹川はどうしたかな、と、一瞬、気にかかるが……

どうでもいい、と振り払う。

よれよれと改札を抜け、ＪＲ線に乗り換える。こっちは下り方面の電車に乗ることになるので、朝はそれほど混んでいないのが救いだ。十五分ほど電車に揺られれば、学校の最寄り駅に到着する。

入学したばかりのときは、この行程が本当にしんどくて、なんで僕はこの学校を選んでしまったんだろうと、後悔さえした。が、現在六月。満員電車が平気になったわけではないが、今のところ僕はまだ一日も欠くことなく登校している。

あと二年以上もこの満員電車に乗りこまなければならない、と思うと、胸のあたりがモヤッとするけれども……

まぁ、きっとなんとかなる。

日常生活を送る上でちょこちょこ存在する「ちょっといやだな」と思うこと一つ一つにフタをして、ちょっと我慢して、ちょっと見て見ぬフリしていけば、すべて世は事も無し。事も無しということは平穏だ。平穏は楽だ。何も考えなくていいのだから。

そうそう。深く考えないほうがいい。何事も。

考えれば考えるほど、つまらない気持ちになるだけだし。

考えたって解決しないことのほうが多いし。

学校に到着し、上靴に履き替えてから、教室ではなく四階に向かった。一限目で使う世界史の教材を、美術準備室の部員用ロッカーに置きっ放しにしてあるのだ。

美術室は、東棟四階の端にある。同じ階には、化学室や書道室などの特別教室しかないので、朝の早い時間帯、このあたりはひと気がない——はずなのだが、美術準備室の扉が、開いていた。隅田《すみだ》先生がもう出てきているのかな。僕は特に疑問に思うこともなく、足を踏み入れた。

見慣れない男がいた。

合皮張りのソファの背に腰をのせ、手にしたクロッキー帳に目を落としている。

若いが、生徒ではない。制服ではなくスーツを着ているので。かといって教師でもなさそうだ。こんな若い教師は見かけたことがない。……ＯＢかな？ 美術準備室に出入りするのなんて、生徒以外では、美術教師かＯＢくらいだ。でも、こんな朝早くからこんなとこに来るかな？

僕に気づいて、彼は顔を上げた。

ちょっとゾッとするほど綺麗《きれい》な顔立ちだった。

こざっぱり整えられた髪といい、清潔そうな身なりといい、非の打ち所のない好青年だ。そんな彼が淡い逆光の中で人好きのする笑顔を浮かべると、動揺するほど様になる。

「おはよう」

「お、はようございます」

「美術部のコ？」

「はぁ」

とりあえず、不審者ではなさそうだ。

僕は自分の用事をさっさと済ませるべく、ロッカーに近づいた。となれば、自然、謎の男にも近づくことになる。彼が手にしているクロッキー帳も見える。あれは……おいおい、僕のじゃないか。

僕の顔色を見て、謎の男は首をかしげた。「これ、もしかして、君の？」

「はぁ」

「そう。ごめん。ここに置いてあったから勝手に見てる。ところで」と、彼は再びクロッキー帳に目をやった。「なんでこういうの描こうと思ったの」

「え」

「ここに描かれているのは、どれも、仕事中の人だよね」

その通り。このクロッキー帳に収められている絵のすべては、通りすがりの人たちをモデルにしているが、それでも誰彼《だれかれ》構わずというわけではなく、一応、〈働く人〉というテーマで統一してあった。ファストフード店の店員。交番の前に立つ警官。折りたたんだ地図とにらめっこしているメッセンジャー。半被《はっぴ》を羽織って呼びこみしている携帯電話ショップの店員。歩きながら携帯電話で話すいかにもデキそうなサラリーマン。などなど。

「これには何か意図があるのかな」

「えっと」

初対面でしかも正体不明の謎の男にこんなプライベートなことをわざわざ説明してやる義理はないよな、と思いつつも。

なんとなく、僕は慣れないプレゼンを始めた。

「……最初は、人物うまくなりたくて、周りの友だちにモデル頼んで、とにかく人物ばっか描いてたんですけど、やっぱ周りのヤツって制服ばっかだから、そのうち飽きてきちゃって、いろんな人を描いてみたくなったんで、とにかく目に入る働く人を片っ端から描いていこうと思って、それで」

喋《しゃべ》っても喋っても、自分が思っていることや感じていることの半分も表せていない気がして、もどかしい。

いつしか、ワキにじわりと汗をかいていた。何かを人に分かりやすく説明するっていうのは、すごく体力がいる。いわれもなく手ひどく否定されるかもしれない、という緊張もある。

意味分かったかな、と、相手の様子をそっと窺《うかが》う。

謎の男は大きく頷《うなず》いた。「なるほど。面白いな」

その言葉に、ちょっとホッとする。「そうですか?」

「うん。確かに、制服ばっかり描いてるといろいろ偏《かたよ》るもんな。なにより、誰に言われたわけでもないのに自分から動いてるってのが頼もしい。他人《ひと》さまの迷惑にならない程度であれば、どんどん続ければいいと思うよ。こっちの風景画も、君の？」

謎の男は、そばに置いてあったスケッチブックをパラパラとめくった。そこに描かれているのは、ちらっと見た限り、体育館や中庭など、校内の風景をスケッチしたもののようだった。

「いえ。それは僕じゃないです。誰のかは分からないけど」

と、そのとき。

美術室に続くドアが開いて、初老の男性教師が顔を出した。

「あら、日野《ひの》くん」

美術部顧問であり我が校唯一の美術教師、隅田先生だった。

「あ、お、おはようございます」

「おはよう。どうしたの、朝っぱらから」

「いや、あの、ここのロッカーに置き勉してあるんで、取りに来ただけです」

「あらそう」と頷くと、隅田先生は、今度は謎の男に「そろそろ職員室に行ったほうがいいかも」と、いつもと変わらぬのんびりした口調で告げた。

謎の男は「はい」とまっすぐな返事をして、クロッキー帳を元あった場所に戻した。

隅田先生が「日野くん。紹介しておくよ」と、謎の男を手で示す。「こちら、教育実習生の由良《ゆら》くん。担当教科は美術。美術部のOBだから、君の先輩になるね。部にもしばらく顔出すから」

きょういくじっしゅうせい。

あ、そうか。そういえば、今週から受け入れるんだ。教育実習生。先週金曜のホームルームで、担任が確かにそんなようなことを言っていた。すっかり忘れてた。

「美術の先生にも教育実習ってあるんですか」

「もちろん」と由良先生は微笑んだ。「ほんの二週間だけど、よろしく」

「はぁ」と返事をしつつ、僕は由良先生の顔をそろりと盗み見し、

こりゃあ女子どもが色めきたつだろうな、と余計な心配をし、

絹川はどんな反応するかな、なんてことも、ちらりと考えた。

この日、生徒たちの雑談トピックは、もっぱら教育実習生に関することで占められた。「日本史担当の教生の授業は面白いらしい」「古文担当の教生はガチガチに緊張して和歌を噛《か》みまくっていたらしい」「英語担当の教生は可愛いらしい」……休み時間を

重ねるごとに、教生に関する情報が増えていく。

特に、本日の授業内で教生と巡《めぐ》り会えなかったうちのクラスの連中は、他クラスから伝わってくる話だけで教生像を補完することになるから、教室の内外を問わず、情報交換はひっきりなしだった。

放課後。

ある者はさっさと帰宅し、ある者は部活へ急ぐ。僕はロッカーから箒《ほうき》を取り出して、教室内を掃き始める。今週はうちの班が教室掃除の当番だった。

男子は概ね真面目に掃除を進めていたが、女子は黒板の前に固まってコショコショとお喋りに興じていた。話題は、やはり、教生に関すること。

「……でね、……らしくて」「えー、……じゃん」「……かな、超見たい」「控え室にいるんじゃない？」「控え室ってどこ？」「なんか進路指導室がしばらく教生の控え室になるらしいよ」「でも用もないのにそんなとこ行けなくない？」「つーか、その人、担当は？」「美術だって聞いた」「そんじゃ明日の美術って隅田先生じゃなくてその教生がするの？」「じゃあ明日見れるじゃん」

と、ここまでの流れで、なんとなくヤな予感はしていたが。

井戸端会議のメンバーの一人が、大声を出す。

「ねぇ、日野ォ」

そーら、おいでなすった。

「あんたって、美術部だったよねぇ」

窓際あたりを掃いていた僕は、女子たちにのろりと顔を向け、頷いてみせた。

「教生の中に、すっごい美人な男がいるらしいんだけどさー、美術担当なんだって。美術部の面倒も見るんじゃない？」「ねー、その人ってどんな人か知ってる？　何か聞いてない？」

僕はくだんの教生に会っているし、彼がこれから美術部に顔を出すという話も聞いていたが、その情報を今ここで披露する必要もないだろうと思ったので「別に」

「あっそう」

僕が面白いネタを掴《つか》んでいないと見るや、女子たちは僕への興味をあっさりなくし、旺盛《おうせい》な意見の交換を再開させた。

「……んなのどーでもいーから掃除しろっつーの」

と小声でボヤいたのは、同じ班の男子・宮川《みやがわ》。

箒を細かく動かしてチリトリにゴミを集めながら、さらにボヤく。

「綺麗な男がなんぼのもんじゃい。つーか、男に対して綺麗とか美人とかって、それ、褒《ほ》め言葉？　サムくね？　ついていけんわ」

宮川のように口に出したりはしないが、他の男子も少なからずそう思っているだろう。もちろん僕も然り。が、面と向かって文句を言えないあたり、このクラスにおける男女の力関係を表してる。

女子は、男子の不満など知る由《よし》もなく。「でね、四組のコの話によると、その教生って、なんかAにそっくりらしくてー」「マジで」「やばいねそれは」

「A？」何か別の名詞と聞き間違えたかと思って首をかしげる僕に、宮川が「なんだ、知らないのかよ」と応じた。「ちょっと前、なんの前触れもなく突然引退したグラビアアイドルだよ」

「へぇ」

「引退する理由が明らかにされなかったから、一時期、ネットとかでちょっとした話題になったんだ、って、おい、ホントに知らねーの？」

知らない。

今回受け入れる教生は全部で六人で、全員この高校の卒業生だという。

教生は担当科目以外にも、一年生もしくは二年生のどこかのクラスでホームルームを受け持つことになる。一学年九クラスあるから、確率は十八分の六。我が一年九組に教生は割り当てられなかった。

あの由良先生は、一年四組を受け持つことになったらしい。

一年四組って……たしか、絹川のクラスだったよな。

いや、まぁ、どうでもいいけど。

掃除が終わってから、美術室に向かった。

現在の美術部員は、一度も姿を見せたことのない幽霊部員を除くと、三年生二人、二年生二人、一年生三人の、計七人。活動停止が危惧《きぐ》されるような数字ではないが、決して多いわけでもない。

うちの高校の場合、部活動でファインアートをやろうと考える者は、近年減っているのだそうだ。CGやデザインをやりたい者はソフト・ハード共に充実した設備を持つパソ部に行くし、漫画やイラストを描きたい者は定期的に会誌を発行する漫研に行く。すっかり細分化されてしまっているのだ。その上、美術部《ウチ》って、活動内容が「各自、好きなときに好きなことをする」というユルいものだから、実動部員の出席率もまちまち。毎日のように来てるのは、今のところ、僕くらいのものだ。

でも僕は、この自由主義な（というより、やる気なさげな）雰囲気こそが気に入っていた。自分の好きなことを好きなだけできるし、目上のヤツからいろいろ指図されることもないし。

というわけで、我が美術部はいつも、静かな校舎の端っこで、細々と制作に励んでいる——のだが。

本日の美術室は、いつにない賑《にぎ》わしさだった。

「先生って呼ばれるの、どうですか？　やっぱ変なカンジします？」

「いや、そんなに違和感ない。俺ずっと家庭教師のバイトしてるし、たまにだけど、絵画教室の講師のバイトもするし」

え〜、そうなんだ〜！　と必要以上に派手なリアクション。

美術の先生らしくエプロンを着け、手にお客さん用のグラスを持ち、ほがらかな笑顔を浮かべて椅子《いす》に座る由良先生。彼を中心にして、美術部員（女子ばっかり）が輪になって座り、きゃぴきゃぴとトークに花を咲かせていた。

なんだ、このキャバクラ態勢は。

まぁ……充分に予想できた事態ではあるけど。

一番の違和感は、三年生が二人とも顔を出しているということだろう。菊川《きくかわ》部長と大和《やまと》副部長、彼女らは美大進学を希望しているから、受験対策のための画塾に通っていて、部のほうにあまり顔を出さなくなったのだが。

一年生の関《せき》もそうだ。彼女は写真部と兼部しており、普段は写真部のほうに入り浸っている。めったに顔を出さないヤツであったのに、今現在、「私いつもここにいます」みたいなツラして由良先生の隣に座っている。

今ここにいない美術部員は、一年生女子・絹川と二年生男子・小丸《こまる》先輩だけ。

驚異的な出席率だ。

……なんつーか、男子的にはあんまり愉快な光景ではないよな、これ。扱いにこうも露骨に差をつけられると、やはり容姿に関するコンプレックスがチクチクと刺激される。卑屈になるなというほうが無理だ。

戸口で突っ立っていた僕に、二年生・佐波《さなみ》先輩が気づいた。「あれー、日野くん、そんなとこで何やってんのー？　こっち来て座りなよ」

一年生・関も追随《ついずい》する。「そーだよ、お菓子あるよ。おいで」

えーっ！　なんじゃそれ、今までそんなふうに接してくれたことなんかないくせに！　なんだよ、突如現れた美人に自分が目端の利く人間であるところをアピールしたいってか？　えげつねーな女子！

とはいえ、ここで楯突《たて》くような態度に出るのもダサかろうと思い、僕は由良先生を囲む輪に近づいて、空いていた椅子に腰かけた。すかさず菊川部長がアイスティーの入ったグラスを「どうぞ」と渡してくれる。これまた異例の好待遇である。僕としてはなんかもう笑うしかない。「これは、どうも、あはは……」

「でも、よかったよ。美術部が立派に存続してて」と、おもむろに由良先生が口を開いた。「実習に来て、美術部なくなってたら、どうしようかと思ったけど」

そうして、居並ぶ部員たちを見わたしつつ、穏やかに微笑むわけだが。

まぁその笑顔の殺傷力の高さったらなかった。

女子美術部員四名、全員、撃墜。読んで字の如く、撃たれて墜ちた。それが目に見えて分かった。目元も口元もほわーんと緩んで、由良先生にクギヅケだ。

僕は心の中で唸《うな》った。こんなことのできる人間が実際にいるのだ、ということに驚いていた。すごいなぁ、なんか……呆《あき》れを通り越して、感心してしまう。

「俺が部長してるとき、一年が入らなくて、本気で存続の危機に立たされたからさ」

「そうそう、そうだったねぇ」と応えたのは、いつの間にか美術準備室から顔を出していた隅田先生。「この美術部が生き残ったのは、もう、百パーセント黒部《くろべ》くんのおかげと言っていいね。君が卒業した後は彼一人になっちゃったから、次の年の新入生勧誘、すごーく頑張ってくれてね」

するとと由良先生はパッと顔を輝かせ「くろべえ！」と笑った。「懐かしい！　会ってないなぁ。会いたいなぁ。今何やってるんですかね、くろべえ」

それから隅田先生と由良先生の間で、くろべえなるOBの話題を中心として昔話に花が咲いた。現役部員たちは、当然、置いてけぼりとなる——この状況をよしとしなかった菊川部長は、由良先生の興味を引くための話題を捻《ひね》り出した。

「由良先生のときには、幽霊の噂《うわさ》ってありました？」

……あの話か。

必死だなぁ、菊川部長も。あんなのただの噂話なのに。

それでも効き目はあったようだ。由良先生は「幽霊？」と顔をこちらに戻した。

「そう。美術室の幽霊」

取っ掛かりを掴んだと見るやいなや、女子美術部員たちは我先にと話しだした。

「夜遅く、誰もいないはずの美術室の窓が開いてて、そこに白い人影が現れるんだぞうです。遅くまで残ってた運動部の人がちらほら目撃してて」「五月の連休明けだったかなー、それを見ちゃったどっかの運動部の一年生女子がすごい怖がっちゃって、ちょっとした騒ぎになったんですよ」「でも、美術室の住人である美術部員が全然目撃してないし、怖がってもいないんで、すぐに騒ぎは収まっちゃったんですけどね」

根拠も出所も曖昧《あいまい》な噂話を、嬉々《きき》として披露する女子美術部員たち。怪談をしているはずなのに、語り部がきゃぴきゃぴしているものだから、あまり怖そうなネタに聞こえない。

「ふうん」と、アイスティーに口をつける由良先生。リアクションは薄いが目線は語り部たちをしっかり捉《とら》えている。興味を持っているのかいないのか、いま一つ分からない。

「そうそう。見た人の話によると、髪の長ァい女生徒が、窓辺にぼんやり立ってるんですって。というのも、何年か前に、この美術室の窓から飛び降りて死んだ女生徒がいたらしくて。その娘《こ》が浮かばれずに化けて出るんだとか――」

バキッ！

くぐもったような、それでいてやけに鋭い音がした。

美術部員一同、ギョッとして、音のしたほうを見やった。

由良先生が口元を手で押さえ、目を丸くして硬直していた。

押さえる手の隙間《すきま》から血がポトリと滴って、エプロンにしみを作る。

まず行動に移ったのは三年生の二人だった。

「あ、鼻血？」「わー、ティッシュ、ティッシュ」

「違《ちが》う」由良先生は視線で自分の右手を示した。彼の手に握られているのは、ついさっきまで自身が口をつけてた、アイスティーのグラス――

そのグラス、ヒビが入って、縁が大きく欠けていた。

「えっ……嘘ッ、割れたんですか⁉」「やだ、どうして？」

「割れたんじゃないね」と隅田先生。「噛み割ったんでしょ」

由良先生が頷く。「口《くひ》ん中《なは》、切《ひ》れひゃった」

そう言った直後、由良先生は空のグラスにペッと口の中のものを吐き出した。

グラスの破片だ。血でぬらりと濡《ぬ》れている。

「うわ」「きゃあっ」

パニックに陥る部員の横で、隅田先生だけは冷静だった。「深く切れたかな？」

由良先生が小さく首を横に振る。

「じゃあ、とにかく、早く洗ってきなさい」

コクコク頷いて、由良先生は静かに立ち上がり、美術準備室に入っていった。

部員たちは驚きと恐怖で涙目になりながらアワアワしていたが。

隅田先生は、のんびりと言った。「由良くんが、ああいうカンジで突拍子もない行動を取ることは、珍しくないよ。いちいち驚いてたらキリがないよ」

なんだそりゃ。

美術部一同ぽかーん、である。

そのうち、隅田先生も美術準備室に引っこんでしまった。由良先生はなかなか戻ってこなかった。このインターバルは、のぼせ上がった女たちが我に返るのには充分な時間だった。

なんだか興が醒《さ》めたような雰囲気だった。

やがて先輩たちは腰を上げ、その場を片付け始めた。浮かれまくっていた自分を恥じるように無言で、傍から見ていてもなんだか侘《わび》しかった。

僕は、残りのアイスティーを飲みほすフリをして、グラスの縁をカツンと軽く嚙んでみた。それなりに力を加えてもみた。とてもではないが割れるような気はしなかった。どんだけ力を入れたら、グラスを嚙み割るなんて芸当ができるんだ？

最恐の怪談は由良先生だった、ってオチか。

2

うちの学校の場合、芸術科目は、美術・音楽・書道からの選択制で、しかも一年次だけ。普通科オンリーのお堅い進学校であるから、受験にかかわらない科目にはあまり時間を割かないのだ。

芸術科目はいつも二、三クラス合同で行われる。で、由良先生の授業を校内で最初に受けたのは、一年八組と九組の美術選択生だった。

火曜一限、美術室。

教壇に立ち、教科書を開きながら人物画についての概説をする由良先生に、物怖じした様子はなかった。性格なのか才覚なのか、初陣であるはずなのに緊張も見せず、なかなか堂に入った授業っぷりだ。

「人物画を鑑賞する際に知っておきたいのは、その作品が生み出された時代、絵画には何が求められていたか、どういう点に価値が置かれていたか、ということです。たとえば、教科書十四ページ、図三——」

昨日、グラスを噛み割るという奇行に及び流血した由良先生だったが、怪我は大したことなかったのか、腫《は》れてもいないし跡も見られないし、喋るのに差し障りはない様子だった。

「エジプトの壁画ですが、人物が、横顔を見せているのに目は正面から捉えたような形で描かれています。それと、手足も横から見たような形に描かれてますね、胸は正面を向いているのに。結果として、ねじれたような人体になっています。分かりますか？」

指導員である隅田先生はというと、窓のそばに椅子を置き、ぼんやりと外を眺めている……いや、もしかしたら寝ているのかもしれないな、あれは。隅田先生は、いわゆる糸目なので、目を閉じているのかと思ったら開けていた、と思わせておいて実は閉じていた、というトリッキーな手法でときどき生徒を混乱させる。

「現代人の目から見るとちょっとおかしな絵ですが、この絵が描かれた当時を生きる人には、これが絵として正しかったのです。というのも、古代エジプト人にとっては、そのパーツが完全な形で描かれていることが重要であり――」

噂の教生を目の当たりにしても、僕が予想していたような派手なフィーバーは起こらず、シンと落ち着いたものだった。やはり高校生ともなるとそれなりに自制心が具わってくるから、どんなイベントに遭遇《そうぐう》しても、授業中、小中学生のようにはしゃいだりはしないものなのだ。

と思いたいが。

今日の美術の授業は、普段とは明らかに雰囲気が違っていた。みんなソワソワして浮き足立っていた。こういうのを嵐《あらし》の前の静けさと呼ぶのだろうか。なんとも言えないこの緊張感。何が起こっても不思議ではなかった――

「先生、質問！」

生徒全員がハッと息を呑《の》んだ。

場違いにテンションの高い声を上げたのは、前田《まえだ》という、我が一年九組の男子だった。誰かに頼まれたわけでもないのに率先して場を盛り上げようとする、どのクラスにも一人はいるようなお調子者だ。

話を遮《さえぎ》られたことを不快に思っている様子もなく、教卓の由良先生は「なんでしょう」と前田を見た。

「先生はカノジョいますか！」

美術室の空気が、ふわあ、と何倍にも膨らんだ気がした。そう、たぶん、みんなそれを訊《き》きたかった。「前田でかした」という顔をしている女子も少なくなかった。今この場にいるすべての者の耳目が、由良先生に、かつてない力で引きつけられた。もはや誰もこの美人のプライベートへの好奇心を隠さなかった。

このただならぬ雰囲気にも眉《まゆ》一つ動かさず、由良先生は落ち着いた口調で言った。

「君はカノジョいるのかな」

教室内の焦点が、スッと前田にシフトする。

前田は「えー、なんすか、逆質問すか、参ったなぁ、えへへへ」と体をくねくねさせた挙句「一応？」とデレついた態度で答えた。

周囲の男子から「ファッキン！」「帰れ！」とささやかなブーイングが飛ぶ。

由良先生は「そう」とゆっくり頷くと、前田にまっすぐ目を向けた。

「大事にしなさい」

何気ないふうに放った一言だったが破壊力は絶大だった。

このときこの場にいた生徒たちは、全員もれなく痺《しび》れ上がった。顔を赤らめる者も少なくなかった。擬音にするならまさに「ズキューン！」であった。質問者である前田も撃沈され「はい」と素直に返事して着席した。

多感な高校一年生数十名を前に、一切の躊躇《ちゅうちょ》なく強烈なストレートをかまし、しかし平然としている由良先生は、何事もなかったかのように古代ギリシアの美術における人物表現についての概説を始めた。

つまり我々は、あっさりはぐらかされたのであった。


放課後、掃除を終わらせてから美術室へ向かう。

美術室には、小丸先輩と由良先生の二人しかいなかった。普通の教室より広く作ってあるため、少人数だとガランと物寂しい……いやいや、こんなもんだ。これが本来の美術部の姿なのだ。昨日が異常だったのだ。

唯一の二年男子である小丸先輩は、いつもの席で、いつものように、面打ちに励んでいた。今制作しているのは、小癋見《こべしみ》という鬼神面らしい。

小丸先輩は、入部以来ずっと、まるで何かの修行のように、能面を彫り続けているという。面打ちとはまたずいぶん渋いチョイスだが、どうも小丸先輩のお祖父さんがその道のプロだそうで、先輩も、それこそ物心つく前から面打ちに親しんできたとのこと。自前のノミ一式を持っているのだから相当だ。

由良先生はといえば、上靴代わりのサンダルを脱ぎ、小丸先輩のそばに置いた椅子の上にきちんと体育座りして、その巧みなノミさばきを熱心に眺めていた。これではどっちが生徒でどっちが教師か分からない。

僕は適当な机の上にカバンをぽんと置いた。「……先生」

「はい？」

「今日はうまく逃げたね」

クスと小さく笑う気配。「ああいう質問してくる生徒ってホントにいるんだな」

「で、結局、先生にはカノジョいるのいないの？」

由良先生は体育座りを崩して足を椅子から下ろしつつ、僕に苦笑を向けた。「それ、そんなに気になる？」

「いや、僕はそうでもないんだけど」なんとなく、自分のつま先に目が行く。「クラスの女子に、訊いてこいって言われちゃって。おまえ美術部だろって」

ヤレヤレと言いたげにかぶりを振って、小丸先輩の手元に視線を戻す。「ここまで引っ張っといて、ご期待に添《そ》えなくて申し訳ないけど、いません」

意外な答えだった。

いるからこそ、はぐらかしているのだと思っていた。

「いないの？　先生、もてそうなのに」

「そうかねぇ」

「そうだよ、その顔で何言ってんの。クラスの女子とか超浮かれてるし」

「そういう娘《こ》にはな、男は顔じゃねーって言ってやれ」

「僕が言ったら負け惜しみになっちゃうよ」

人類で最初に「男は顔じゃない、中身だ」と言い出したヤツはどこのどいつなんだろう。無責任なことこの上ない。そんなのは、ブサイクのブサイクによるブサイクのための優しい嘘《うそ》にすぎない。実際に美人を見ていると、その求心力と影響力に驚かされる。違う人種なんだなって思い知らされる。人間はどうしたって綺麗なものに惹《ひ》かれるのだ。哀しいくらい。

由良先生は「ふふ」と伏し目がちに笑った。「顔がどうであれ、心を開かなきゃ、誰にも大事にされないよ」

何を言ってるんだか。

恵まれている者は恵まれていない者の気持ちなんか分かんないんだろうな……

「そういう日野は？」

「え？」

「いないの」

それは、本当に疑問に思ったから訊いたのではなく、訊かれたからお返しにとりあえず訊いておこうか、というような、形式的な問いのようだった。興味がないのに訊くというのも効率の悪い話だが、逆に、このタイミングで訊かないというのもそれはそれで据りが悪い。だからこの一手間は、まぁ、社交辞令のようなものだ。

だがその社交辞令を快と取るか不快と取るかは個人の自由であろう。

僕はいかにも不快そうに即答した。「いません」

「そう。じゃ好きな娘《こ》とかは」

「いません」

「そう」

ハイもうこの話はここでお終い。僕は美術準備室に向かった。

僕が今取り組んでいるのは油絵だ。題材は、翼を広げて飛翔《ひしょう》するハヤブサ。資料は図書室から借りてきたカラー図鑑。

美術室と美術準備室を行ったり来たりして、せっせと制作の準備をする。

一方、由良先生は、どこからか板を持ち出してきて、小丸先輩の指導の下、たどたどしくも彫刻刀を振るい始めた……ホントに、どっちが生徒でどっちが教師か分からないな、これじゃ。

イーゼルを立てキャンバスを設置した僕は、今一度、準備室に入った。

湿っぽいにおいがこもっていた。空気が滞っているが、朝から雨が降っているので窓が開けられない。雨はやむ気配を見せず、窓ガラスをパラパラと叩《たた》き続けていた。日没までまだまだ間があるはずなのに、室内はもう、電気をつけないと細かいところがよく見えない――

薄暗い準備室の隅に、誰かいた。

「っお……」心臓が急にバクバク高鳴り始めた。

絹川だった。部員用ロッカーを、ぱたんと閉めるところだった。

一言も発しないまま、僕の横を通り過ぎ、美術室へ入る。

僕はそれをなんとなく見送る。

絹川は、ちょっと変わった娘《こ》だ。

入学以来、ずっと黒いタイツをはいていて、まぁそれは校則違反でもなんでもないから別にいいんだけど、六月に入って制服が夏服に替わっても、黒いタイツをはき続けていた。女子の噂話を小耳に挟んだところによると、体育の更衣時も身体測定のときも、タイツを脱がないらしい。謎だ。

それと、もう一つ。

彼女は、ものすごく、無口。

入学して二ヶ月以上経つけど、絹川が誰かとまともに喋っている姿を、僕は見たことがない。口がきけないというのではない。ただとにかく、極端に無口なのだ。よって誰もタイツの理由を知らないし、つまり友だちがいないし、すなわち集団生活から浮き気味だった。

ま、僕には関係ない。

画材を抱えて美術室に戻った。

ステンレスの流し台の前で手を洗っていた由良先生が、同じくボトルに水を溜《た》めていた絹川に、気安く話しかけているところだった。

そうだ。由良先生は、絹川の性質を知らない。

「君、絹川だよな。一年四組の。美術部だったんだな」

「…………」

「ホームルームでも言ったけど、俺、しばらく美術部に顔出しますので、よろしく」

「…………」

「絹川は、今、何を制作してるんだ？」

「……特には」

絹川は流し台から離れると、そのまま美術室を出ていってしまった。

由良先生はその背を見送り、
しおしおと小丸先輩のそばへ戻っていった。「俺は嫌われてるのか」

「違う違う」と小丸先輩は苦笑する。「絹川って誰にでもああだから。気にしないで」

「ふーん」

絹川の出ていった扉を見やるその横顔は、拗《す》ねた子どものようだった。

……ふふふ、ショックかい、由良先生。

世の中には、あんたになびかない女もいるようですなぁ。

なーんて。

溜飲《りゅういん》が下がったような気になっている僕は、いやなヤツだろうか。

絹川が水を溜めていたのは、持ち運び用水彩セットの携帯ボトルだった。屋外で写生でもするつもりなのかもしれない。雨降ってるけど。

一方、小丸先輩は、由良先生の肩を「ホント、気にすんなって」と軽く叩いた。「あいつ、もともと大人しいヤツだったんだけどさ、今って、心閉ざしちゃってるっていうか、人を寄せ付けないカンジだよね。でも、それにも事情があるんだよ。分かってやって」

「と言うと？」由良先生が首をかしげる。

僕も内心では首をかしげていた。どういうこと？

「火事だよ。あいつ、ひどい火事に遭《あ》ってんの」

初耳だ。

小丸先輩が絹川のことについて言及するのも、初めてな気がする。

職人気質の小丸先輩は、制作しているときは淡々黙々と集中していることが多く、少なくともこの美術室においては、無駄口を叩かない人だった。

それなのに。

「去年の今頃《いまごろ》だったかな。この近くのマンションでひどい火事があったの、覚えてない？　地元新聞とかに結構大きく載ったんだけど。原因は、確か、一人暮らしの男の煙草の不始末。絹川の一家もそのマンションに住んでてさ、運悪く出火元の真上だったから、部屋は全焼してしまって。不幸中の幸いで死人は出なかったみたいだけど、でもホント気の毒だったよ、あれは」

そんなことがあったのか。

動揺した僕は、思わず口を出してしまう。「小丸先輩、なんでそんなこと知ってるんですか？」

「だってあいつ、同級生だったし」

「ダブってるんだよ、絹川って。火事のショックのせいだと思うけど、ずっと学校来れなくてさ、進級できなかったんだ」

「そ、う、なんですか」じゃあ、あのひと、一コ年上？　マジ？「知らなかった……っていうか、なんで教えてくれなかったんですか」

「だってお前、絹川のこと苦手そうだし。興味ないかなと思って」

いや、別に、苦手ってわけじゃないんだけど。

周囲には、そう見えてたのだろうか。

「それに、誰彼構わず言いふらすような内容でもないし」と、小丸先輩は由良先生を見やった。「でも、先生ならいいかなと思って。二週間の期間限定とはいえ、ワケアリの生徒のこと何も知らないんじゃ、都合悪いことも出てくるでしょ。だから、ま、分かってると思うけど、ここだけの話にしといてください」

由良先生は「うん」と神妙な顔で頷き、
僕は、なんとなく、疎外感のようなものを覚えていた。

3

一週間も経たないうちに、教生がいることは珍しくもなんともなくなり、教生ブームは去った。高校生は熱しやすく冷めやすい。

ただ、今まで美術室を訪れたこともないような女子が、美大志望と銘打って由良先生を訪ねてきては長話をしていく、ということは、ちょくちょくあった。その女子の目的はもちろん由良先生と会話することそのものであって、美大に好奇心以上の興味を持っていないのは明白なのだが、そういう女子にも由良先生はにこやかに接した。

いや。

彼らの会話に聞き耳を立てていて、ようやく気づいたのだが。

由良先生は、話をはぐらかすのがうまい。相手を自分のペースに巻きこむのがうまい、と言い換えてもいい。

ハンティング目的の女たちは、どうにかして話をプライベートな方向に転がそうと攻め攻めの姿勢で迫るが、由良先生はその攻勢をすべて受け流し、しかし相手にはそれを気取られず、それでいて会話内容は美大進学関連から一ミリたりともブレない、という離れ業を器用にやってのけていた。最終的に女たちは、美大に関する豆知識と入学資料を手に、どことなく満足さえして美術室を去ることになる。

由良先生は、たぶん、こういう状況いっぱい経験して、慣れてるんだろう。なんせ、あの顔だし。

どっちにしろ僕なんかでは一生身につけることのできなさそうなスキルだ。

由良先生は、毎日を実に気ままに過ごしていた。他の教生が授業の準備であくせくしているのを尻目《しりめ》に、ひたすらマイペースだった。アグリッパくん（石膏像）を鉛筆デッサンしてみたり、美術準備室のソファに寝転がって漫画雑誌をパラ読みしてみたり、かと思えば流しの排水口を徹底的に掃除してみたり。小丸先輩が来たときは、先輩に指導されつつ（もはや完全に立場逆転している）彫刻刀を動かし、どうにか能面らしきものを彫っていた。はーあ。いいなぁ、悩みがなさそうで。

月曜、放課後。

美術室には、いつものように、油絵やってる僕と面打ちしてる小丸先輩がいるばかりだった。由良先生はいなかった。先週金曜、「教生を招いてアフタヌーンティーしよう」という調理部主催の会に招待されていたから、今日もどこかの部のイベントに駆り出されているのかも……と思った矢先、美術準備室からひょこっと顔を出した。

そしてキャンバスの前に座っていた僕に「あげる」と、一枚のハガキをくれた。

「七月の終わりから一週間ほど、個展するんだ。よかったら来てよ」

そう言って、小丸先輩にも同じものを渡す。

小丸先輩は、ハガキを見るなり目を輝かせた。「個展？　すげー！」

「学生御用達の安い貸しギャラリーに置いてもらうだけなんだけどね」

「夏休み入ってるし、行く行く。先生、いつならいる？」

由良先生と小丸先輩がそんな会話をしているのを尻目に、僕はハガキ裏面を見つめていた。そこに描かれているのは、水紋のような青いモチーフ。今にも揺らめいて、光をチラチラと反射しそうな水の気配があった。青系統の色ばかりを重ねているようでいて、よく見ると、一はらいの筆の中に緑や白や紫が繊維のように織りこまれている。見れば見るほど新たな発見のある不思議な絵だった。

綺麗だな。

なんとなく、訊いてみた。「このハガキの絵もある？」

由良先生は笑顔で頷いた。「あるよ」

「展示してる絵って、売るの？」

「欲しいって言ってくれる人がいれば」

「高価《たか》い？」

「うーん、まぁ、高校生には高価《たか》いだろうな」

へぇえ、と僕はまたハガキの絵を凝視する。

由良先生が「そういえば」と続けた。「デザイナーやってる先輩が、俺の絵でポストカード作ってくれたんだけど、俺はあんまり商売っ気出したくないんだけど、なんせ大量に余ってるんで、それも売る予定。こっちは百円とかで売る」

「へぇ」

そのとき、小柄な女生徒が美術室にふらりと入ってきた。

二つ結びにしている髪のシルエットだけで、誰だか分かる――

「おう、絹川」由良先生は軽い足取りで絹川に向かっていった。初対面でほぼ完璧《かんぺき》にオミットされたことなど、まったく気にしていない様子だ。なかなか逞《たくま》しい。

対する絹川は、ギクリと体を強張らせる。大きな音を立てたら逃げてしまうんじゃないかと思わせる、小動物っぽい怯《おび》え方だった。

由良先生は、気さくにハガキを差し出した。「これ、よかったら来て」

絹川は、おそるおそる、ハガキを受け取った。

僕はキャンバスに目を向けつつ、注意だけは絹川のほうに向けて、事のなりゆきを固唾《かたず》を呑んで見守っていた。

絹川は、ハガキ裏面のあの青い絵をしばしジッと見つめ、

「綺麗な絵ですね」

あ。

喋った。

僕は思わず絵筆を握り締めた。なんとも言えない驚きがあった。ノミ先に集中してそ知らぬ顔をしているが、小丸先輩も内心では「おっ？」と思っているのではないだろうか。僕の座っている位置からは小丸先輩の様子は窺えない。それとも、僕だけだろうか、絹川がまともに喋ったことにこんなに衝撃を受けているのは。

絹川はさらに続けた。「カナタっていうんですか」

「え？」

「先生の名前」

「……ああ、俺？　うん、そう、カナタ」

カナタ？　はぁ？　どんな字書くんだよ？　僕は手元のハガキを改めて見た。さっきは気にも留めなかったが、確かにそこには「由良彼方《かなた》個展」と記してあった。そう

か、彼方という名前なのか。なんか、らしい名前だな。

由良先生はもう一度「うん」と頷いた。「俺、双子の兄貴がいるんだけどさ」

これまた初耳。双子ってことは、やっぱ顔とか似てるんだよな。えーっ、この顔がもう一つあんの？　何それ？　そんなのアリ？　やってられねぇ。

「兄貴の名前はアタカっていうんだ」

「アタカとカナタ」

「そう。親戚とか友人からは、アタカナって言われる。マナカナみたいだろ」

絹川は「ホントだ」と、クスクス笑った。

あれ。

笑うところとか、初めて見たんですけど。

なんだよ。なんなんだよ。何いきなり心開いちゃってるわけ？　顔か？　絹川よ、お前も結局、顔なのか？

……いいんだけどさ、別に。関係ないし。

そうして僕は目の前の油絵に集中を戻す——ことが、うまくできなかった。

その後、絹川は、いつものように携帯ボトルに水を溜めると、美術室を出て行ってしまった。やはり、屋外で写生でもしているのだろうか。雨降ってるのに。

男ばかりになった美術室でも、各自、自分の作業を始める。

小丸先輩は面打ち。

僕は油絵。

そして由良先生は、僕の少し後ろに腕組みして突っ立って、僕が絵を描く様を黙って観察。特に何か口を挟んでくるでもなく、ただひたすらジッと眺めるのみ。

……気ィ散るなぁ。

こんな視線を至近距離から浴びながら平然と面打ちを続けていた小丸先輩を、僕は改めて尊敬する。だって、つまり、小丸先輩はすごい集中力で面打ちしてるってことだ。逆に言えば僕にはあまり集中力がないってことになるのかもしれないが。

このままでは埒《らち》が明かない。僕は意を決して振り返った。「あの」

由良先生は神妙な顔で「うん」と頷く。

「見られてると、描きにくいんですけど……」

「ああ、どっか行けって？」

「そういうわけじゃなくて」

「うぜぇから消えろ、と」

「違いますって……先生、何か他にすることないんですか」

「ない」

「ないことはないでしょ。仕事とかあるでしょ」

「強いて言うなら、日野の制作をそっと見守ることが俺の今日の仕事かな」

何を言ってるんだこの人は。「見守ってくれなくてもいいですから」

「じゃあ俺は何をしてればいいんだ」

え、それ、僕に訊くの？

「知りませんよ。絵でも描けばいいじゃないですか、美術室にいるんなら」と、なんの気なしに言ってしまってから、これは我ながらいい考えだと思った。「そうだ。絵、描いてくださいよ。先生が絵ェ描いてるところ見てみたいです。ねっ、小丸先輩。先輩も見たいですよね」

同意を得られると期待していたわけではないが、勢いに任せて振ってみると、小丸先輩からも「見たいかも」という声が上がった。

「ほら」

由良先生は「あー」と顔をしかめた。「絵っすか」

めんどくさそう……

その後もしばらく由良先生は何事かグズグズ言っていたが、僕と小丸先輩の双方から期待に満ちた目を向けられて、ついに観念したらしい。美術準備室にダラダラと入っていき、画材を抱えて戻ってきた。古新聞を一束。B2判の白い模造紙を一束。そして、使い古された刷毛を二本。

教卓の上に新聞紙を敷き詰め、模造紙を一枚のせる。教卓と言っても、美術室のそれは言わば作業台のようなものだから、がっしりしてるし、普通教室に置かれているものとはサイズがまるで違う。B2判の模造紙だって悠々と広げられるのだ。

この時点で僕は、制作の手を止め、由良先生が作業するすぐそばに寄っていた。現役美大生であり教育実習生であり美術部OBである彼が、ハガキ裏面のあの青い水紋を描いた男が、今この場でどんな絵をどんなふうに描くのか、すごく興味をそそられた。路上でストリートパフォーマーと鉢合わせたときのようにワクワクする。

ふと気づくと、小丸先輩も面打ちを中断して、僕の隣に立っていた。表情からは何も読み取れないけど、もしかしたら、彼も僕と同じ気持ちなのかもしれない。

由良先生は、絵の具を二種類用意した。一方は、オレンジに近いくらいに濃いイエロー。もう一方は、軽めのグリーン。それらを模造紙の両脇に置く。

サンダルを脱ぎ、教卓の上によじのぼる。

最後に、模造紙の上辺二ヵ所にペーパーウェイトを置いて、準備完了のようだ。

教卓上にきちんと正座した由良先生は、まっさらな模造紙を前に「うーん」と首を捻った。僕と小丸先輩のほうに顔を向け、「なんかリクエストない？」

「なんかって」

「なんでもいいよ」

「じゃあ、尾長鶏《おながどり》」と小丸先輩。

由良先生は「ぶは」と吹き出した。「さすが、渋いな、小丸は」

「昨日たまたまテレビで見かけて、カッコいいなと思ったんで」

「なるほどね」腰を浮かし、教卓の天板にドンと片足を立てる。

刷毛を持った両腕を掲げ、

「刮目《かつもく》せよ、三十ミリ刷毛二刀流！」

ふざけたことを喚きつつ、絵の具をたっぷり含んだ刷毛二本、同時にベチャッと模造紙に叩きつけ、その勢いを殺さないまま、ものすごい速さで線をザッカザッカと引いていく。右の刷毛と左の刷毛で色が違うので、ぶつかり合ったところは絶妙なグラデーションが生まれた。

両利きなのだろうか、この人は。

右腕と左腕は、あるときはバラバラに動き、あるときはぴったりシンクロして動いた。またあるときは、両の腕をねじるようにして刷毛をぐるんと交差させる。イエローとグリーンは複雑に入り乱れ、重なり合って、同じ模様が描かれることは二度とない精巧なニュアンスを生む。

下書きなしの一発描きにB2判はでかすぎるんじゃないかと思ったが、まったく杞《き》憂《ゆう》だった。彼のこのやり方では、B2判でも狭いくらいだ。

色がかすれてくれれば刷毛を絵の具にドボッと豪快に突っこんで、余剰を切らないまま模造紙に叩きつける。その際に散った飛沫《しぶき》でさえ、ある種の効果のように見えてくる。全体的にはかなり力任せのように見えるが、あのボサボサの刷毛でこんな表現ができるのかと驚いてしまうほど、細部は繊細だった。

大胆というか乱暴というか、とにかく型破りな作法だ。とてもではないがお手本にはならない。しかし、有無を言わせぬ引力があった。惹きつけられるリズムがあった。流れるような筆先の動きから目が離せない。そして――

「こんなもんかな」

と刷毛を置く。

ビビッドな尾長鶏が、真っ白な模造紙の上に生まれていた。ごろりとした庭石の上で両足を踏ん張り首を伸ばし、今にも耳をつんざくような鳴き声を上げそうだ。女の髪のように長く流れ落ちて地に渦を巻く尾羽で、イエローとグリーンのグラデーションはもっとも効果的に発現されていた。鶏冠《とさか》や足も、シンプルな線なのに確かな質感で、雄鶏の武骨さがよく表現されている。

やっぱり、うまい。

溜め息が出そうになった。

が、こらえた。

一方の小丸先輩は「すげー」と素直に賞賛した。完成した絵をそっと下ろし、床に敷いた新聞紙に寝かせ、教卓には新たな模造紙をのせる——頼まれたわけでもないのに率先してアシスタント作業をするところから鑑みるまでもなく、彼にしては珍しく高揚しているようだった。「先生、じゃあ、次、コッカー・スパニエル」

「誰それ」

「人じゃなくて。犬だよ、犬。うちで飼ってんの」

「ふーん」

「じゃあ龍」

「ふむ、龍」

得心した由良先生は改めて片膝を立てると、またしてもベチャッと刷毛を豪快に紙に叩きつけ、迷いを見せることも手を止めて思案することもなく、紙面を削らんばかりの勢いで縦横無尽に刷毛を走らせ、そして、鮮烈なイエローとグリーンが溶けるように混ざり合って甘くねじれる飴《あめ》細工のように美しい東洋風の龍をたちまちのうちに描き上げ、小丸先輩を「はー、これはまた」と嘆息させた。

その後も由良先生は、小丸先輩のリクエストに応じて、ガチャピンを描き、我が校の教頭を描き、金剛力士像（吽《うん》形）を描いた。

僕は一度だけ、描いている只中《ただなか》の由良先生の顔を、意識して見た。絵を描いているときの彼の体全体の動きは、遊びに夢中になっている子どものように弾んだものだったから、さぞや楽しそうな顔をしているのだろうと思いきや、予想に反してその表情は硬く険しく、人を殺しそうなほどに真剣だった。もともと綺麗な顔なので余計に怖い。思わず息を呑んだ。見てはいけないものを見た気がして、僕はさりげなく目を逸らした。

やがて、絵の具が底をついた。それを受けて由良先生は「完売です」と宣言。どっこいしょと教卓から降り、さっさと片付けを始めた。

小丸先輩が、教卓の足もとにずらりと並べられた五作品を前にそわそわし始める。

「ねー、先生。この絵、どうすんの」

流し台の前の由良先生は「捨てるよ」と、あっさり言った。

「ええ、もったいない。捨てるくらいなら、くれよ」

「いいけど、いいのか、そんなんで」

「いい、いい、全然いい。いいよ、これ。ホントに」

由良先生は洗い物の手を止めて振り返り、微笑んだ。その右頬《ほお》と顎《あご》に、グリーンの絵の具がベタッとくっついている。「じゃ、好きなのあれば、持ってってください」

「よっしゃ」と小丸先輩はしゃがみこんだ。「じいさんに見せてやろう」

龍と金剛力士像をチョイスして、そばの机に引っ張り上げる。まだ充分に乾いていないから、丸めることはできない。

「先生。この、机に上げてあるヤツ、俺がもらって帰るから、捨てないでよ」

「へぇい」

そうして小丸先輩は機嫌よさそうに自分の指定席に戻っていった。

僕も、僕の油絵の前に戻った。

いいものを見たという満足感がある。勉強になったとも思う。あの躍動感を、あの筆運びを、一から十まで、腕を伸ばせば触れられるような間近で見ることができたのだ。これほど参考になることはない。

でもそれ以上に、打ちのめされたようなショックがあった。

力の差を見せつけられて、僕の中の何かが折れてしまったみたいだった。もちろん、彼と僕とではキャリアが全然違うなどということは、重々承知である。相手は現役美大生であり美術教師の卵。個展までやっちゃうような人だ。高校一年生十五歳の僕とは、そもそも階級が違う。比べるほうがおかしい。それは分かっている。しかし、どれだけキャリアを積んでも僕にはあんなものは描けないであろうということも、なんとなく分かってしまった。僕には逆立ちしたってあんな線は引けないし、あんなグラデーションは作れない。努力では埋めようのないものがある。

圧倒的なものを見せつけられながら、小丸先輩が無邪気にはしゃいでいられるのは、彼の興味が面打ちばかりに向いていて、絵画方面にあまり手をつけないからだろうか。

キャンバスに目を向ける。

自分の作品を好きになれない自分がいる。

何時間もかけてベタベタ描かれるハヤブサより、ほんの数分でさらりと描かれた尾長鶏のほうが、しなやかで軽やかで、そして強そうに見えるのだ。

天は二物を与えずなんて言いやがったのはどこの間抜けだ。

由良先生《あのひと》は、なんでも持っているじゃないか。

望んで手に入らないものなんて、なさそうじゃないか。

4

通学電車は今日も混んでいた。暑苦しくて息苦しい。前後左右から押し寄せてくる人の肉に揉《も》まれて、自分の動きさえうまくコントロールできない。痴漢に間違われては敵わないので、僕は両手で吊り革を掴んだ。

ふと、先週の月曜、この時間の電車で見かけた絹川のことを思い出した。

今考えてみても、やはりあれは、痴漢されていたんだろうと思う。

胸の奥でヒリヒリと疼《うず》くのは……これは、罪悪感ってヤツだな。

助けるべきだったのではないだろうか、僕は。彼女を。痴漢から。こんなの、今さら反省しても仕方のないことだけど。でもやはり、あれは助けるべき場面だったのではないだろうか。一応、知り合いなのだし。一応、気づいたのだし。一応、その場にいたのだし。……でも、でも、実際、できるか？　満員電車の中で痴漢の魔の手から女子を救う、なんて、そんな大胆なことが、この僕に。

できるか？

混雑した車両内。

困惑した表情の絹川。

彼女の背後にいやらしい顔して張りついているのは、サラリーマン風の男。

見咎《みとが》めた僕は、乗客の間を縫って、ずんずん近づく。

痴漢の腕を鷲《わし》掴みにする。

——やめろよ。いやがってるだろ。

絹川の瞳《ひとみ》が輝く。

——ひ、日野くん。

痴漢の顔が青褪《あおざ》める。

——なんなんですか、あなた……。

——なんなんですか、じゃないだろ。この痴漢野郎。全部見てたんだからな。

——ひッ。す、すみませんでした、すみません、もうしません。

——いいから、次の駅で降りろよ。駅員に突き出してやる。

周囲にいた乗客たちも、痴漢を取り押さえるのに協力してくれる。

そして僕には賞賛の眼差しが向けられる。

止まる電車。開くドア。道を開ける他の乗客。

――さぁ、絹川も降りるんだ。

――日野くん、私……。

――もう大丈夫だぞ。痴漢は捕まえたんだから。

――でも、私、恥ずかしい……。

――どうして？

――だって、痴漢されたんだよ？

――絹川が恥ずかしがることなんか何もない。悪いのは痴漢なんだから。絹川は堂々としてればいいんだ。痴漢ごときで絹川の価値は落ちたりしない。

――そうよね。ありがとう、日野くん。にっこり。

な－んて。

女子を助けたり女子から感謝されたりという経験が少ないせいか、我ながら、イメージが貧困である。

そう。これはイメージ。妄想だ。

毅然《きぜん》とした僕も、僕に微笑みかける絹川も、僕の妄想の中にしかいない。


火曜一限。一年八組・九組、由良教生による美術の授業、二回目。

前回の授業の後半で描いた何枚かの人物クロッキーの中から、好きな一枚を選び、自由に彩色してみよう、というものだった。画材は、美術室で用意できるものならなんでもよし。扱いやすい水彩絵の具やパステルを選ぶヤツが多かったけど、チャレンジャーは切り絵に取り組んでいた。僕は無難に水彩絵の具を選んだ。鉛筆の線って、それだけでも充分味があるものだが、そのタッチを活かしつつ色を載せていくと、うまくいけば、なんかちょっと自分が絵うまくなったような気になる。

一年八組・九組における由良教生の五十分×二回の授業は、特に問題もなく、概ね好評を博しつつ、成し遂げられたようだった。

授業終了後、東棟四階の美術室から西棟二階の教室へ戻る途中、僕と同じく美術選択である宮川が言った。

「これで俺はもう由良ちゃんと関わり合いになることないや」

「そうだな」

「でもお前は美術部だから、まだ付き合わなきゃだな。大変じゃね？」

「……まぁ、うん」え？　どういう意味？

「まだしばらく、由良ちゃんが女にちやほやされるとこ、目の当たりにさせられるんじゃん？　鬱陶《うっとう》しくない？　っていうかさ、由良ちゃんって、自分が顔いいの自分で分かってるよな、絶対。言動にやたら自信みなぎってるもん。常に周囲から羨《うらや》ましがられて生きてきた人間、ってカンジしねぇ？」

ああ、そういうこと。

宮川が言っているような不平不満に、やけに近しく聞き覚えがあった。それもそのはず、直近で似たような不平不満を漏らしたのは、他でもない、僕自身なのだ。

そうか。僻《ひが》みなんて、そうバリエーションがあるわけではないんだな。

「あー、うん、そうだよな……盛った女どもがさ、美大の話を聞くって口実で、よく由良先生目当てに美術室来るんだけどさ、そういうときも、女が寄ってくるのが当たり前って顔してるよ、そういえば」

「マジで。それはキツいなー」と宮川が笑う。

「ホントに」と僕も笑う。

違うだろ、と心の中でもう一人の自分が抗議する。由良先生はどんなに多くの女子を相手にしても、驕《おご》った様子なんか微塵《みじん》も見せない。そのことは誰よりも僕が、この一週間毎日のように顔を合わせている僕が、知っているはずなのに。それなのに、場の空気に流されてありもしないことを言って、陰口叩いてしまった。

確かに妬《ねた》ましい部分はあるけど、いい人なのに。

だいたいその「妬ましい」と思うのは僕の勝手であって、由良先生は何も悪いことしていないのに。

いい人なのに。

どうしても妬ましい。

窓に目をやる。雨こそ降っていないものの、今日も濃い灰色の雲がみっちりと空を覆っている。空気もジメジメと重苦しい。体にカビが生えそうだ。

授業をこなす。部に顔を出し、淡々と油絵を制作する。そして下校——いつもとなんら代わり映えのしない規則正しい一日を終えようとしていた帰り道。その手抜かりには、駅の改札前でようやく気づいた。

定期券がない。カバンにも、制服のポケットにも。

どこかに忘れてきたか、それとも落としたか——と考え巡らし、ふと思い出す。帰りしな、今日も置き勉していこうと思って、美術準備室のロッカーにカバンの中身をごっそり置いてきたことを。そうだ。おそらく定期券はそこに紛れてしまったのだ。美術準備室のロッカーにあるなら、パクられたり捨てられたりはしないだろう。財布は持っているので、切符さえ買えば、今日はこのまま帰宅できないこともない。しかし、使わなくていいカネは使いたくない……

どうしよう、と一瞬迷ったが、やはり取りに戻ることにした。学校と駅の間をもう一往復しないといけないなんて面倒なことこの上ないけど、仕方ない。

雨が降り出したのは放課を告げるチャイムが鳴ったあたりから、と記憶している。以降、一瞬もやむことなく、ダラダラと降り続いている。

生徒玄関はもう閉まっていたので、職員玄関のほうから入った。悪天候だから当然といえば当然なのだが、普段暑苦しいくらいの存在感を放っている運動部の姿が校庭にも生徒玄関前にもなく、それどころか、いつも遅くまで残っている吹奏楽部や合唱部が練習するような物音さえしない。静かな古い校舎の中に、雨がしくしくと降る音ばかりがよく響く。

湿っぽさもあいまって、夜の学校はかなり雰囲気ができあがっていた。

……さっさと用事済ませてさっさと帰ろう。

四階まで威勢よく一気に駆け上がったはいいが、四階の電灯という電灯、全部消えていた。窓は中庭に面しているが、ここは四階、ただでさえささやかな外灯の光はここまで届かない。消火栓の赤いランプがまたなんとも不気味だ。

なるべく床だけを見るようにして、ダーッと廊下を駆け抜けた。美術準備室に飛びこみ、とにかくまず電気をつけ、ようやく人心地つく。そして部員用ロッカーをあさって、定期券を発見。ほっと胸を撫《な》で下ろしながら、ポケットに突っこんだ――

誰かいる。

美術室へ続くドアが少し開いている。その向こう、途切れなく続くノイズのような雨音に混ざって、何か生き物の気配がする。やはり、美術室に誰かいる。こんな時間に何をしているのだろう。明かりもつけずに。

ほんの少しの好奇心に突き動かされて、なんとなくドアへ近づいた。

ふと思い出してしまったのは、よりにもよって、女子部員たちがしていた噂話。あの、曖昧で、ありきたりで、他愛ない怪談。――夜遅く、誰もいないはずの美術室の窓が開いてて、そこに白い人影が——遅くまで残ってた運動部の人がちらほら目撃してて——髪の長ァい女生徒が、窓辺にぼんやり立ってるんですって——何年か前に、この美術室の窓から飛び降りて死んだ女生徒が——その娘《こ》が浮かばれずに——

「由良先生？」

窓のそばに椅子を置き、窓を背にして座っている。こちらに顔を向けた彼は、暗がりの中、奇術師のように笑った……笑ったように見えただけかもしれない。窓ガラスをつたう雨水が青白い頬の上で縞模様《しまもよう》の影になって、それが表情を歪《ゆが》ませて見せただけかもしれない。

「幽霊かと思った？」

「え」

「顔が引き攣《つ》ってるぞ」

引き攣ってる？　僕は顔を掌でごしごしこすった。由良先生は「そんな、こすらんでも」と笑い混じりに言った。その声は普段の由良先生らしいものだったので、なんとなく緊張がほぐれた。

僕はそろりと美術室に入った。「あの、何してるんですか？」

由良先生は両手を軽く掲げてみせた。右手にカッター、左手に鉛筆。

「……鉛筆、削ってた？」

「うん」

両膝でゴミ箱を挟み、その中に削りカスが落ちるよう調整してカッターをサクサクと動かす。たちまちのうちにその鉛筆を削り終えると、次の鉛筆を手に取る。削りカスの一つ一つは大きく厚いが、的確に芯《しん》を研ぎ出している。さすがに手際がいい。しかし、こんなの、遅くまで残ってやらなくてもいいのでは？　こんなところで、電気もつけずに。

「鉛筆を削りながら、人生について考えておったのだよ」

などと冗談めかしておっしゃるが。

「ふーん……じんせい、ですか」なんか嘘くせぇな。

「嘘じゃないよ」

「えっ」心を読んだ⁉

「別に心を読んだわけではない」

ぎゃあ⁉

由良先生はケタケタと笑った。「日野は顔に出るなぁ」

「…………」

「人生っつってもそんな深いことではなくて、目先の進路をどうするかっていう、ホントにごく個人的なことを考えてた。就活すんのヤだなーとか、進学ってのもピンと来ないしなーとか、卒制めんどいなーとか、エントリーシート書くのめんどいなーとか、指導要領作るのめんどいなーとか」

うわあ。ダメな人っぽい。

「あのー、先生は、というか教生は、教師になるんじゃないの？　だってここにこうして教育実習に来てるってことは、教師になりたいんじゃないの？」

「全員が全員ってわけではない。資格取るだけってヤツもいっぱいいるよ」

「そうなの？」

「そうなの」

なーんだ、そうなのか。

まぁ、確かに、今どき「教師になるのが夢だったんだ！」なんて生徒に熱く語っちゃうような、そんなまっすぐな志の青年、あんまり見かけないよな。

「で、由良先生も、資格取るだけ？」

「どーするかねぇ」

「教師ってたいへんそうだもんね」

「つーか俺、その前に、旅に出たいんだよね」

「はい？」

「就職して身動き取れなくなる前に、時間たっぷりかけて行ってみたい。モンゴルの大草原とかウユニ塩湖とか、サハラ砂漠とか、そういうところを一人でブラブラしてみたい」

「はぁ」

「俺の先輩に一年近くかけてアジア巡ってた人がいるんだけど、あ、俺の絵で大量のポストカード作ったっていうあの先輩なんだけど、その人の話聞いてると、いいなぁ、俺も旅したいなぁって思うわけ。でもやっぱなんつっても手元不如意でさ。先立つものをどうするかなって、目下それが最大の悩みだな」

「……オトナって結構しょうもないことで悩んでるんだな」

「そうだな。いざ悩むとなると、何事もコドモのほうが深刻かもね」

「え？」

手を止め、キンキンに尖《とが》らせた鉛筆にフッと息を吹きかける。「コドモは逃げ道限られてるからさ、オトナと違って」

「そう、ですか？」

「そうだよ。ラクしちゃってるよ、オトナは」

「ふーん……」

「さて」と由良先生は腰を上げた。「そろそろ帰るかな。鉛筆全部削っちゃったし、幽霊も出ないみたいだし」

「幽霊なんて……あんなのただの噂ですよ」

由良先生は口の片端を上げて小さく笑った。「そうだな」

大量の削り済み鉛筆をガラガラと束ね、てきぱきと動いて後片付けし始める。

「だって、まさか先生、ホントに幽霊を見ようと思って、こんな時間まで残ってたんじゃないですよね?」

由良先生はちょっと肩をすくめただけで何も言わなかった。

なんとなく、窓の外に目を向けた。

こんな時間にこの場所から外を見下ろすのは初めてだった。夜のガラス窓は気味が悪いほど冷たい。霧雨に煙るだだっ広い校庭は、暗い水底に沈んでいるように見えた。遠くに点々と立っている街灯の白い明かりがぼんやり滲んでいる。

「……じゃ、あの、僕も帰ります。さようなら」

「さよなら。気をつけて帰れよ」

はい、と弱々しい声で返事しながら美術室を出て、そこでようやく「またはぐらかされた」と気づいた。彼は僕の「教師になるのか否か」の質問に答えていない。ホントにあの先生、はぐらかすのがうまい……。

ま、いいけどさ。

カバンを抱え直し、階段に足を向けた。

歩きながら、ふと思う。そういえば、今日、彼の陰口を叩いちゃったんだよな。そうだ。宮川がエキサイトしていたこともあって、つられた僕もかなりひどいことを言った。いい加減な嘘もついた。あーあ、なんであんなこと言ってしまったんだろう。

省みるほどに、後悔で体が縮みそうになる。

いざ本人を目の前にすると、自分のやったことの幼さと愚かさが、逆に自分にのしかかってくるようだ。こんな気持ちにはもうなりたくないから、陰口なんかもう二度と叩かない……と心の中で誓うが、きっと僕はこの誓いを忘れ、その場の空気に流されて、また誰かの陰口を叩くだろう。そして同じ後悔を繰り返すだろう。なんとなく予知できる。予知できるなら改善する努力をすればいい。けど、それだけのことが毎回うまくいかない。情けないな、自分のことなのに。昔っからそうだ。意志が弱いんだ、僕は……

ぺた。

濡れた何かがリノリウムの床に触れる音がした。

かなり近くから聞こえた気がして、思わず顔を上げた。

暗い廊下の先、化学室の前あたりに、人が立っていた。消火栓の赤いランプが逆光になっているから顔が見えないが、僕があちらを見ているように、あちらも僕を見ていた。かりかりに細い手足を持つ、髪の長い女生徒——

ぞわ、と鳥肌が立った。

後退ろうとしてうまく行かず、足がもつれて盛大に尻餅《しりもち》をついてしまった。床に落としたカバンの口から、弁当箱とステンレスのボトルが転がり出て、夜の廊下に甲高い音を響かせた。

その音を聞きつけたのか、由良先生が美術準備室から顔を出した。僕を見て、それからすかさず廊下の向こうに立っている影に気づき、息を呑む。

途端、人影はきびすを返して走りだした。やはり裸足らしく、ぺたぺたと湿った音がする。由良先生が弾かれたような勢いで美術準備室から飛び出した。そして、長い髪を振り乱して走るその人影を、猛然と追いかけ始めた。

化学室の前を駆け抜けた人影は、急角度で右折し、西階段に躍りこんだ。後を追う由良先生も、同様に姿を消す――

あっという間のことだった。

僕は暗い廊下で一人ぼっちになった。

尻餅をついた姿勢のままであった。ズボン越しに床の冷たさが伝わった。どの窓もとっくに施錠されているはずなのだが、どこからかうっすらと風が吹いてきて、僕の首筋を撫でていった。今一度、鳥肌が立った。膝や肘《ひじ》がガクガクと細かく震えだした。

「うう」

なんだよ、由良先生のアホ、放っときゃいいじゃんあんなの、なんで追いかけちゃうんだよ、怖くないのかよ？　とにかく、こんな暗い場所に一人でジッとしていることに耐えられなかった。震える手足に鞭《むち》打ってどうにか腰を上げ、落としたカバンはそのままに、僕も走り始めた。

化学室の前を通過し、西階段を駆け降りる。

先行したあの二人は、どこまで降りたのだろう、一階まで降りてしまったのだろうか。それともどこか途中の階に？――などと考えていた矢先、三階のフロアから、かすかに物音が聞こえた。なので、僕も三階に足を踏み入れた。三年生の教室ばかりが並ぶこの階も、四階と同様、ひどく暗く、ひと気がない。

短い廊下をおっかなびっくり駆け抜け、角を曲がる。長い廊下の向こうに、人影と由良先生の姿を捉えた。一方は裸足、一方はサンダル。どちらも走るのには適さない足もとながら、必死に走っていた。それが背中のシルエットを見るだけでも分かった。

時間が止まったかのような廊下に、由良先生の声が響く。

「待ってくれ！」

思わずギクリとしてしまうほど切実な声だった。

そのとき、人影が、何もないところで蹴躓《けつまず》いてすっ転んだ。体の前面をしたたかにリノリウムにぶつけたらしく、べちゃっ、と、ホントにそんな漫画の効果音みたいな音がした。かなり後方を走っている僕にもよく聞こえた。

たちまち由良先生が追いつき、倒れ伏したままの人影に手を伸ばす――

「おい、絹川！」

え、

絹川？

転んだ絹川は、伏せたままギュッと体を縮めた。いつもはキッチリ二つ結びにされている長い髪が幕のように垂れ下がって、彼女の横顔をすっかり覆い隠した。

「見ないで」

さほど大きな声ではなかったが、暗い廊下を震わせる痛々しい悲鳴だった。

これには由良先生も、はたと動きを止めた。

絹川はますます頑なに背中を丸める。「見ないで」

「分かった、見ないよ、見ない」由良先生は数歩後退り、絹川に背を向けてしゃがみこんだ。「な、ほら。見ないから」

絹川がハッと顔を上げた。その頬は貝殻の内側みたいに滑らかで白い。

僕は由良先生から少しばかり離れたところで足を止めた。しかし絹川は、僕のほうには目もくれず、罪人のように床に両膝をつく由良先生の背中ばかりを見ていた。

由良先生が静かに訊いた。「なんで逃げるんだ」

「…………」

「言いたくない？」

「……先生、なんで、追いかけるの」

「ん、だって、そりゃあ、逃げられたら追いかけたくなるよ、何かあったんじゃないかと思って」

「私、何も悪いこと、してない」

「悪いことしてないなら、逃げなくてもいいじゃん」

「だって、先生、帰れっていうでしょ、どうせ。こんな時間に何やってる、って」

「言わないよ。事情も聞かないうちからそんなこと言わない」

「…………」

「なぁ絹川、お前、美術室に何を——あ！　分かった！」

いきなりの大声に、僕も絹川もビクッと飛び上がってしまった。

一方の由良先生は、にこにこと能天気に続ける。「ジャージだろ。美術準備室に置いてあるジャージ、借りに来たんだ。そうだろ？」

と問われても、絹川はしばらくなんの反応も示さなかったが、
やがて、顔を上げないまま「そうです」とか細い声で答えた。

「分かった。取ってくるから。ここで待ってろよ。いいな？」

立ち上がった由良先生は、呆然《ぼうぜん》と立ちすくむ僕の横を通り過ぎ、サンダルをパタパタ鳴らしながら階段を駆け上がっていった。僕は、再び俯いてしまった絹川をジッと見ていた。目が離せなかった。由良先生が「ジャージを借りに来た」と察した理由が

分かった。絹川の制服はぐっしょり濡れていた。それと、絹川はタイツをはいていなかった。スカートから剥《む》き出しになっている彼女の両足は、見えている箇所ほぼ満遍なく、赤黒い火傷の跡に侵されていた。

5

由良先生の言った「美術準備室に置いてあるジャージ」というのは、何年も昔の美術部ＯＢの置き土産で、たまに美術部員が作業着代わりに着たりするものだ。

由良先生が持ってきたジャージとタオルを抱えて近くの女子トイレに入り、上下ともジャージに着替えて出てきた絹川は、無言で僕と由良先生の前を通り過ぎ、無言のまま階段を上った。美術室に戻るつもりなのだろう。由良先生は、絹川につかず離れずの距離を保ってついて歩いた。カバンを回収せねばならない都合上、僕もそこについて歩いた。

夜の学校を、ジャージ女子と教育実習生と制服男子が、一列になって歩く。

考えてみると、これって、かなり妙な状況だよな……

四階の美術準備室前に到着し、カバンとぶちまけた中身を拾い上げ、僕はそのまま帰ろうとした。しかし由良先生に肩を掴まれ、抗議する間もなく、美術室に押しこまれた。由良先生は「ちょっと待っててね」とにこやかに言うと、美術準備室に引っこんでしまった。

窓のそばの椅子にちょこんと座る絹川と、美術室で二人っきりになる。

すっごく、すっごく、落ち着かない。

ちらりと絹川を見やる。

絹川も僕をジッと見ていた。

僕は慌てて目を逸らした。

雨音に紛れそうなほどかすかな声で、絹川が呟《つぶや》いた。「見たでしょ」

ん？

もしかして、今のは、僕への質問か？

ちょっと信じられなくて、僕は絹川を再び見やった。

絹川は間違いなく僕に向かって言葉を発していた。「見たよね？」

「あ、な、何を」

絹川とまともに会話するのは、実は、これが初めてであった。

僕の動揺など知る由もなく、絹川は淡々と視線を下げ、自分の膝あたりを睨《にら》む。足を。あの火傷を。

僕はほとんど反射的にかぶりを振った。「見てない」

彼女はパッと顔を上げた。

「嘘だ」

そう言って、きらきら潤む充血した眼で、僕を睨む。

心臓がピョコンと大きく跳ねた。

帰ろう。

このままここにいたら、なんか、ダメだ。

「ホントに、見てないから」

あたふたとカバンを抱え、くるりときびすを返し、ドアに向かい――襟首をガッと掴まれた。

首が絞まる。「ぐッ」

「どこへ行く」由良先生であった。年甲斐《としがい》もなく膨れっ面をしていた。もう一方の手に、湯飲みが三つのった盆を掲げていた。

「あ、あ、あの、僕、帰ります」

「はぁ？　日野の分も茶ァ淹《い》れちゃったっつーの。玉露だぜ、玉露。帰るならそれ飲んでから帰れ」

「え、でも」

「それとも、何か、俺の淹れた玉露が飲めねーってのか」

「いや、あの」

「はーい、じゃ、どーぞ、おあがりよー」と僕の手に湯飲みを押し付ける。

……ああ、なんなのォ、もう。


「さすが、いい味だな。隅田先生め。こんないい茶、戸棚の奥に隠しちゃって」

自分で淹れた玉露を一口飲んで、由良先生は満足そうに目を細めた。

僕はそのへんにあった椅子に適当に腰かけ、手の中の湯飲みを見つめた。どうも、この一杯を飲まなければ帰してもらえそうにない。というわけで、ぐっと呷《あお》る。淹れたてだからさぞ熱かろうと覚悟していたが、意外なほどぬるかった。それに――

「先生、これ、ダシかなんか入れた？」

味がものすごく濃かった。苦いのではなくむしろまったり甘いというかなんというか。高級なお茶は苦いという先入観があったので、舌が混乱する。お茶を飲んだという感じがしなくて、だから、由良先生がふざけてダシか何か味を変えるようなものをぶちこんだのでは、と思った。この人ならやりかねないし。

　すると由良先生は「ぶははは」と笑った。「入れない、入れない」

「でもなんかすごく味が」

「うん。ペットボトルのお茶とか飲み慣れてると、そう思ってしまうよな。でもこの濃厚かつ爽《さわ》やかな甘さこそが茶葉本来の旨みなのだ。茶葉の性質を理解し、種類に合わせた淹れ方をすることで、旨みを最大限に引き出すことができる」

　ペットボトル飲料のコマーシャルで使われるようなフレーズを言ってのけ、さらにウンチクは続く。「お茶の味を決めるのはカテキンという渋み成分とテアニンという旨み成分の二つで」云々《うんぬん》。「カテキンは湯の温度が高いほどたくさん浸出すると言われているがテアニンは湯の温度とは関係なく浸出するため玉露の場合五十度から六十度が」云々。「カテキンが何十分も浸出し続けるものであるのに対しテアニンは数分で浸出が止まるので玉露を淹れる場合は目安として二分間を」云々。

　……話、長ェ～。

　興味のない話題を一方的に延々聞かされるは苦痛である。僕の集中力はすぐに途切れた。なんとなく、絹川のほうを盗み見る。椅子にちんまりと座っている絹川は、白い掌で湯飲みを包みこみ、ちびちびとマイペースに飲んでいた。

由良先生の話がようやく途切れたところで、絹川がぽそりと言った。「詳しいんですね」

「いやいやこのあたりはお茶好きであれば常識だよ」

「お茶、好きなんですか」

「うーん。好きすぎて四六時中お茶のことばかり考えてるというわけではないけど、コーヒーとか紅茶とかと比べるとやっぱ日本茶が一番かなってカンジ。絹川は？」

「私……も、日本茶がいいです」

「ほほう。気が合うな」

日本茶から始まった二人の会話は、日本茶に合う食べ物はなんであろうかという議論を経て、学校の近所にある和菓子屋の話題に至った。

話題に入っていけない僕は、この場を離れる口実を作りたくて、残りの玉露を一気に飲み干した。そうして、自主退場を言い出すタイミングを計る。

それにしても、初めてだな、こんなにたくさん喋る絹川を見るのは。

これは、やはり、相手が由良先生だからなのか。ずっと一緒にいるクラスメイトや美術部員は無理でも、知り合ってほんの数日の由良先生にならば心を開けるのか。絹川はこの変な教育実習生のどこがお気に召したんだろう。

……どうでもいいけどさ。

絹川が問う。「もしかして、先生は茶道やってるんですか」

「俺はやってないけど、俺の母が茶道の先生」

「そうなんですか」

「そう。自宅で茶道教室やってるんだ。だからお茶はもともと身近」

「へぇ」

「母はお前も茶道の作法くらい身につけとけって事あるごとに言うんだけど、こうも身近だとかえって改めてやることに意義を見出せなくてさ。ところで絹川はどうしてあんな濡れ鼠《ねずみ》になってたの？」

ヘアピンカーブの如き急角度で話題が切り替わった。しかもその質問内容ときたらホップもステップも全部かっ飛ばしていきなり問題の核心をついている。単刀直入もいいところだ。驚きのあまり、喉《のど》まで出かかっていた「僕もう帰ります」という一言も、思わず引っこんだ。

不意打ち喰《く》らって絹川も目を白黒させていた。

「どうして、って」

動揺を隠しきれないままの瞳で、ちらりと僕を見る。

あ、
そうか。

僕には聞かれたくないよな。

そうだよな。

絹川が心を開いているのは由良先生に対してだけだ。こみいった打ち明け話を僕なんかに聞かれたくはないのは当然だろう。そもそも僕は場違いだったんだ。ここにいちゃいけなかった。二人きりにしてあげればよかった。由良先生に引き止められたからついつい居座ってしまったけど、空気を読んで、さっさと帰るべきだった。

僕はカバンを抱えて立ち上がった。「あの、僕そろそろ帰りますんで」

すると由良先生が不思議そうに首をかしげる。「どうして？」

「ど、どうしてって」

分かれよ、そのくらい！　それとも、何か、この人は、僕よりも空気が読めない人なのか。いや、あえて読まないのか。どっちにしてもタチが悪すぎる。

僕が反論するべきか無視するべきか悩んだ一瞬の隙《すき》に。

「あの」絹川がガコンと椅子を蹴って立ち上がった。「私が帰るから」

ボリュームは低いが、頑なな声だった。

由良先生と僕は、きょとんと絹川を見つめた。

「えっと……なんで濡れてたかっていうのは、大したことじゃなくて」絹川は一気にまくしたてた。「私、ここ最近ずっと、学校をあちこちスケッチして回ってるんです。もともと風景画を描くのが好きだから。で、今日は、部室長屋の陰から桜並木を描いてて」

部室長屋とは、我が校においては第二部室棟のことを指す。平屋建ての第二部室棟はグラウンドのすぐそばにあり、野球部やサッカー部、陸上部など、主にグラウンドを使って活動する体育会系の部室が入っていた。

確かに第二部室棟《あそこ》からなら、グラウンドの東側面を埋めるようにずらりと植えられている桜の木が、よく見えるだろう。

「描き始めたときは曇り空だったんだけど、途中で雨が降ってきて、動けなくなっちゃって。今日はうっかりして傘を持ち歩くのも忘れてたし。そのうちやむだろうと思ってジッと待ってたけど、やむどころか雨強くなってきたから、だから思い切って校舎まで走ったんです。でも私、走るの遅くて。グラウンドを突っ切っただけで、全身びしょびしょになっちゃって、それで、それで……」

それで、美術準備室の前で僕に鉢合った、と。

火傷を隠すタイツまで脱いでしまったのは、グラウンドを走ったせいで雨水やら泥やらが跳ねて気持ち悪かったというのもあるだろうけど、それ以上に、人が残ってるとは思わなかったからなんだろうな。

でも……雨降ってきたのって、放課のチャイムが鳴ってからじゃなかったか？　それから今の今までとなると、えらく長時間、絵を描いてたことになる。絹川という女はよっぽどトロいのか、よっぽど絵を描くのが好きなのか。それとも両方か。

「つまり」と由良先生。「部室長屋で絵を描いてたのか、こんな時間までずっと」

絹川は首をすくめた。「はい」

「家の人には連絡した？　あまり遅いと心配するだろう」

「いえ。今日は、うち、誰もいないから……っていうか、いつもいないから、大丈夫です。それに、私、今日は美術準備室に泊まるつもりだったから」

「泊まる？　美術準備室に？」

その突拍子もない発想に驚いて、思わず問い返してしまった。

しまったという顔をして、絹川は顎を動かしにくそうに喋った。「わ、私、家に帰りたくないってときが、たまにあって。火事に遭ってから、家で寝てると夜中に飛び起きちゃうことがあるの。それが怖くて。家には誰もいないから、余計怖いの……それに、朝、電車に乗るの辛いし。だから、もういっそ学校に泊まっちゃえと思って。もちろん最初は怖かったけど、美術準備室って案外快適なんだよ。静かだし、人も来ないし。だから、つい何度も……うん。ダメだよね、うん。やっぱり、やめる、今日は。帰る」

言うか言わぬかというところで絹川は美術準備室に駆けこんでいた。カバンなどを美術準備室に置いてあるのだろう。絹川は美術準備室を経由して、廊下に出たようだった。止める間などなかった。

……帰る、って。おいおい。そのジャージ姿のまま、電車に乗るのか？

パタパタと軽い足音が遠ざかっていく。

玉露をすする由良先生と唖然《あぜん》とする僕だけが残された。

静まり返った美術室。少し耳障りな雨の音。

由良先生がぽつりと言った。「泊まればいいのにね」

ギョッとした。「何言ってるんですか、ダメでしょ」

「なんで」

なんでと来たよ。

足腰から力が抜け、僕は椅子にへなへなと座りこんだ。

「あのねぇ、常識的に考えてくださいよ。鍵《かぎ》締まってる学校なんかに忍びこんだら、ヘタしたら捕まりますよ、警備会社の人に。きっと処分受けることになるし、親だって呼び出されるだろうし……まったく、教師とは思えない言い草だよ」

「俺、教師じゃないもん。教生だもん」

「屁理屈《へりくつ》言わないでください」

「逃げ場は必要だ、誰にだって。絹川にとって美術準備室《こ》が逃げ場になるなら、それでいいじゃん。夜の盛り場やいかがわしい店に転がりこまれるよりずっとマシだ」

「それはそうかもしれませんけど、でも」

「応急処置みたいなもんだ。呼吸が止まったとき、適切なファーストエイドがなかったら、手遅れになってしまうだろ。本格的な治療もしてやれなくなる」

……そうかもしれない。

いや、そういうことではないんじゃないか……

僕の中で二つの意見がせめぎあう。

由良先生の言葉は、正論のようであり曲論のようであり、筋道立っているようであり支離滅裂なようでもある。意志の弱い僕は、その掴みどころのなさに、いいように振り回されている。

ああもう。イライラする。

もう知らん。帰ろう。

僕は改めて立ち上がり、扉に向かった。

ふと、絹川の涙目を思い出す。

――見たでしょ。

――見たよね？

僕は答えた。見てない、と。

すると絹川は、

――嘘だ。

そう言って、僕を睨んだ、僕の心を掻《か》き乱す瞳で。

そうだ。僕は嘘をついている。

どうしてばれたんだろう。

僕は隠しているつもりでも周囲にはバレバレなのだろうか。

いつだって僕は僕ができる限りの中で絹川を見ようとしている。

扉の前で立ち止まり、振り返った。「先生」

「はい」

「たとえば、あくまでたとえば、の話ですよ。たとえば……満員電車の中で、女の子が痴漢に遭ってるの見つけちゃったら、先生なら、どうする？」

「助けるよ」

即答だった。ほとんど悩みもせず脊髄《せきずい》反射的に答えたのではないだろうか。

逆に僕のほうが言葉を失くしてしまった。

由良先生は、手の中の湯飲みを見つめながら、もう一度「助けるよ」と、自分自身に言い聞かせるように呟いた。

これだ。

こういうところなんだ。彼のこういうところが――照れも衒《てら》いもなくこんな返答ができるところが、僕には羨ましいし妬ましいし、どうしようもなく惹きつけられるし憎ったらしくて仕方がないのだ。

……訊かなきゃよかった。

僕はきびすを返し、もう振り返ることもなく、美術室を出た。

6

別に好きで満員電車なんかに乗っているわけではない。乗らなければ通学できない電車が満員電車だったのだ。

というわけで僕は、今日も今日とて満員電車に乗っている。

心を掻《か》き乱すアレコレが多少発生しても、高校生である以上、僕は学校に行かねばならない。満員電車に乗らねばならない。心を掻き乱すアレコレにフタをして、我慢して、見て見ぬフリして、そうして日常生活を送らねばならない。

でないと、身動き取れなくなってしまう。たぶん、あっという間に。

顔を上向け、中吊り広告を見るでもなく見ながら、僕は「なんだか不思議だ」と、唐突に思った。だって、そうだろ。不思議な空間じゃないか、満員電車って。周囲は知らない人ばかりで、その知らない人々と、身動きが取れなくなるほどに密着してるんだから。満員電車以外でこんなに他人と密着するところってないよな。

変なの。

カーブに差しかかり、電車はガタンと荒っぽく揺れた。車両内の人の塊も大きく揺すぶられ、その拍子に、見知った姿が視界の端に飛びこんできた――七人がけの長座席のそば、ドア付近。小柄な体をギュッと縮こませ、俯いている女子高生。二つ結びにしていないが、あれは、絹川だ。長い髪が落ちて横顔にかぶってしまっているから、表情を窺うことはできないけど、あれは確かに、
ん？

彼女の隣にいるあのオッサン。見覚えがある。無難なスーツに無難なネクタイを締めた、どこからどう見ても普通のサラリーマン。だが、よくよく見ると、微妙に挙動がおかしい……そうだ。先週の月曜も、あの男はああして絹川に密着していた。間違いない。同じ男だ。

もしかして、絹川《あいつ》、また痴漢されてるんじゃ。

昨夜、絹川は言っていた。朝の電車に乗るのが辛いと。だから学校に忍びこんで泊まるのだと。あれは、痴漢の被害のことを言っていたんじゃないだろうか。

でも、だからって。

それに気づいたからって、僕に何がしてやれる？

満員電車の中で、女の子が痴漢に遭ってるの見つけちゃったら、どうする？

——助けるよ。

いいや。

そんなことをなんの躊躇いもなく即答してしまえるのは、由良先生みたいな人だけなんです。いろいろ恵まれてる人間だけが、他人を助けよう守ってやろうっていう余裕を見せることができるんです。僕みたいのには無理です。僕には余裕がない。自信もない。僕には何もない。助けることなんてできない。

だから僕はいつも見て見ぬフリをする。

僕は何も見てない。僕には関係ない。厄介事には関わらない。見て見ぬフリをするのなんて簡単なことだ。いつもやってることだ。今回だってそうすればいい。そう思っているのに、いつしか体は動いていた。「すいません」「ちょっとすいません」「ちょっと通してください」もごもご呟きながら、あるかなきかという隙間に無理やり体をねじこんでいく。

アナウンスが流れる。駅のホームが近づいてくる。電車が減速し始めた。

僕に足を踏まれたサラリーマンの舌打ちが耳に入る。押された学生が迷惑そうに睨んでくる。そういう棘々《とげとげ》しい敵意も一切スルーして、ただひたすら、高密度な肉と布の集合体の只中を、あっぷあっぷと泳ぎのヘタな者のように、いや、むしろ溺《おぼ》れている者のように、もがきながら進む。……なんで僕こんなことしてるんだろう？　全然ガラじゃないよな？　こんなことして意味あるのか？　無駄なことをしているんじゃないだろうか？　疑問がふつふつと湧《わ》き上がるが、それに構う余裕もなく、目の前の障害物たちを、とにかく、かきわけ、かきわけ、かきわけて——やがてどうにか絹川のところへ辿《たど》り着き、絹川に向けられている腕を掴んだ。

男は、どこからか突然現れた僕をギョッとした目で見た。

近くで見ると、なんというか、冴《さ》えない貧相な男だ。

こうはなりたくないな、と思う自分がいる。

「なんだよ」

僕は、男と絹川の間に強引に割って入った。

背を向けてしまったため、絹川が今どんな表情をしているのかは分からない。

——やめろよ。いやがってるだろ。

妄想の中の僕は、滑舌もよくキリッと告げていたのだが。

「や、やめてくだ、さい」

思うようにはいかない。声が震えたし、尻すぼみになってしまった。

しかも相手は怯《ひる》むどころか「はぁ？」と一層攻撃的になってしまった。

異変を察知して、周囲の乗客たちが、ピリッと身を強張らせる。

車両内の空気が緊張し、冷ややかなものになる。

「何言ってんだ、このガキ」

——なんなんですか、じゃないだろ。全部見てたんだからな。

妄想の中の僕は、強気に勇ましく言い放っていたのだが。

「こ、この人に、触らないで、ください」

なんで敬語になってしまうんだ。

しかし、どうしても怖い。喉の奥がきゅっと締まって、声が詰まる。

そのときちょうど電車が停まった。停まってからドアが開くまでの時間が、やけに長く感じられた。車両内の幾人かが、迷惑そうに僕と男を押しのけて降車した。ホームでは、電車待ちのサラリーマンが何人か列を作っていたが、ドア口で高校生とサラリーマンが睨み合っているのを目にすると、「なんか面倒くさそうだ」と判断して他のドアへ散っていった。

誰も賞賛の眼差しを向けてくれないし、誰も手助けしてくれない。

妄想とは何もかもが違う。

当然だ。

妄想は僕の都合のいいように作られている。僕だけが楽しい世界になっている。

しかし、僕が今直面しているこれは現実なのだ。

僕はグッと腹に力をこめ、目と鼻の先にある男の顔をねめつけた。「降りてください」

男の顔が泣き笑いのように歪む。「は？　勘弁してよ」

「駅員さん、呼ぶんで」

「あのさ、やめてくんない、そういうの」

「降りてください」

「だーから、違うっつーの……参ったなぁ、君、なんなんですか？　僕がその、痴漢したってこと、証明できるんですか？　もし濡れ衣だったら、責任取ってもらいますけど？　分かってます？」

悪いことを悪いと言っているのだから堂々としていればいいはずなのに、僕ってヤツはやはりどうしようもなくヘタレなのが本性であるらしく、少しでも気を抜くと体を縮こめて「すいませんでした」と言ってしまいそうだった。心の中で弱い自分が「もうやめとこうよ」「揉めたくないよ」「もしホントに誤解だったらどうするよ」と声高に抗議する。しかし僕の背に触れている絹川は、ヒョロい僕よりもっと細くて頼りなくて、だから、今ここで僕が折れるわけにはいかなかった。腕が震えないように、涙目にならないように、声が震えないように、奥歯をグッと噛み締める。

「いいから降りろよ！」

男の腕を力いっぱい引っ張った。僕と男は電車から転がるように飛び出した。ほとんど僕に巻きこまれたような形で絹川も降車した。閉まりかけのドアからもつれ合って飛び出してきたサラリーマンと高校生に、ホームを行きかう人々はギョッとした顔を向け、一歩退《ひ》いて距離を取った。

男は僕より先に体勢を立て直すと、腕をむちゃくちゃに振って、どうにか僕を振りほどこうとした。しかし僕は男の腕を決して離さなかった。業を煮やした男は僕をこぶしで殴った。ぐわんと視界が揺れた。すぐそばで、本当に息がかかるほどの至近距離で、絹川が息を呑む気配がした。

殴られた。人前で。絹川の目の前で。殴られた——そう思った瞬間、血管がブチブチと千切れるような感覚が全身を駆け巡った。殴られた場所よりも頭の芯がカーッと熱くなって思考がホワイトアウトした。

この野郎。

なおどうにか逃がれようとする男に僕はがむしゃらに組みついた。僕と男はホームに転がった。男は抵抗する。僕は男を取り押さえようとする。男が僕を殴る。僕も殴り返す——取っ組み合いのケンカなんて生まれて初めてだった。でも、不思議と、怖いとは思わなかった。これくらいなんでもない。怖いのうちに入らない。

ふと、絹川の声が耳に届く。

「日野くん！」

その声を聞いて僕はなんだか嬉《うれ》しくなった。状況的にまったくそれどころではないはずなのだが、絹川は僕の名前をこんな声で呼ぶのか——と、この些細《ささい》な発見が、僕には全身が痺れるほど嬉しかった。

本日、今年度教育実習生受け入れ期間、最終日。

美術室に足を踏み入れる。

窓のそばに立って外を眺めていた彼は、僕の気配に気づいて振り返った。

「よぉ、聞いたぞ。痴漢、捕まえたんだって？」

「……ははは、人生初のアクションシーンでした」

「すごいじゃん」

「ボロボロで登校してきたから、クラスの女子にドン引きされた」

どうにか逃げようと死に物狂いになっている成人男性と乱闘に及んだため、僕は全身、かなりヨレヨレになっていた。ワイシャツの袖《そで》はちょっと破れているしズボンは汚れているし、殴られた顔は腫れている。ひどいもんだった。

彼はククと喉を鳴らして笑った。「この武勇伝を聞いてドン引くような女はお前から願い下げろ」

「あはは」

僕は彼の横に立った。

現在、授業中である。つまり僕は今、授業をサボっている。でも彼はそのことに関しては何も言わない。教師的にはよくないんだろうけど……でもこの人、教師じゃないからね、うん。

久々の晴天だった。

窓はすべて開け放たれていた。ほのかに湿り気を帯びた清々しい風が軽やかに吹きこんで、カーテンをふわふわと揺らしていた。空気がやけに清浄に感じられる。校庭のあちこちにできた大きな水溜《みずたま》りが陽光を惜しげもなく反射して、宝石をまいたようにキラキラ光っていた。

梅雨の晴れ間は格別だ。

僕がひそかに深呼吸をする横で、彼がぽろりと言った。

「俺、ここから落ちたことあるんだよ」

「は？」

「ここから」と、窓枠をつつく。

「ここって……え、ここ⁉　ここから下に⁉」

「うん」

「嘘だッ、四階だよ⁉」

「嘘だと思うんなら隅田先生に訊いてみな」

「えええ」

僕は窓から顔を出して、下を覗いた——普段そんなに意識していないけど、こうして見ると四階ってやっぱり高い。地面が遠い。目が眩《くら》む。

「めっちゃ高いじゃん。怪我しなかったの？」

「したさ。大怪我さ。全治に半年くらいかかった」

「へえぇ」

僕は珍獣を見るように彼を見た。

常々、タダモノではない、と思っていたが。

まさか、最後の最後でこんな伝説を持ち出してくるとは。

「でも、よかったよねぇ、無事で」

「うん」と頷いてから何か思い出したらしく、彼はプクと笑った。「兄貴には、めっちゃくちゃ怒られたんだ。この大バカ野郎が！　信じられない！　寝ぼけた真似してんじゃねぇぞ！　ってね。すンごい勢いで殴られたし、大声でわんわん泣かれたし。あんな兄貴は初めて見たな。すげービビった」

「ふーん……いや、それよりさ、なんで落ちたの？」

彼は再び窓の外に目を向け、「うーん」と腕組みした。

物腰は柔らかだが、胸元をかばうように組んだ腕には堅く力がこめられていて、それはそのまま彼の頑なさのようにも思えた。

訊いてはいけないことを訊いてしまったのだろうか。

僕が気まずく感じ始めた矢先に、彼はふと言った。「噂、あったろう」

「え？」

「夜遅く、誰もいないはずの美術室の窓に白い影が立っていて、それは、何年か前にこの美術室の窓から飛び降りて死んだ女生徒の霊だ……ってヤツ」

「あー、あー」

「あれ、デマだわな」

「え」

「だって、そうだろ。何年か前に美術室の窓から飛び降りたのって、それってつまり俺のことで、でも俺は死んでないわけで、大体、俺は女生徒じゃねーし……つーか、夜遅く美術室の窓辺に立ってた髪の長い女生徒って、それ、完全に、絹川のことだろう。あいつ、ちょくちょくここに泊まってたみたいだし」

「あー」

「だから、あの噂、デマ。幽霊の正体見たり、だな」

「なるほど。そっか、噂なんてアテにならんもんですね」

彼はスッと息を吸いこみ、「そうだよ」と微笑んだ。

「ここで死んだ人間なんかいないんだよ」

僕は「そうだよなぁ」と頷き、
一瞬後「また、はぐらかされたか」と気づいた。

が、抗議はしなかった。絹川が美術室にそろりと入ってきたから。後ろ手に、何かを隠し持って——

よし。

「センセ」

僕は彼の肩をトントンと叩き、

とことこと近づいてきた絹川の隣に、さっと並んだ。

絹川が、青いリボンの巻かれた花束を差し出す。

言いだしっぺは絹川だった。駅での事情聴取から解放されて、二人並んで登校して来る途中、たまたま通りすがった花屋を指差し「花束を買おう」と言いだした。それはいい考えだと思ったので、賛同した。これが女子の発想か、と少し感心した。僕だけだったら、花束を買おうという発想は絶対浮かばなかっただろうから。

僕も絹川も花のことには疎かったので、お祝い用であることと、贈る相手は若い男であること、それから予算を伝えて、花屋の店員さんに任せた。小ぶりな芍薬《しゃくやく》をメインに、名前がよく分からないけど小さな花と葉物を何種類か合わせて、爽やかな花束となった。

彼は、きょとんとした顔のままこれを受け取った。

「僕と絹川からっす。二週間お疲れっした」

　ホントはもっと、ブワッ！　ドサッ！　とした豪華な花束にしたかったのだが……生花って、結構いい値段するんだな。僕と絹川二人分の手持ち金じゃ、こぢんまりしたものしか買えなかった。

「えー、なんだよなんだよ、どうしたんコレ、うわー、ありがとう」

「先生、ここは感動して泣くところだよ」

　ハハ、と軽く笑う。「俺は涙は見せない主義です」

　それから彼は、花束を体から離してまじまじと眺めたり、芍薬の花弁に触れたり、子どもの頭を撫でるような手つきで緑の葉っぱを撫でたりした。

「……今度は花束《コレ》描こうかな」

「え？」

「次、何を描こうか決めかねてたんだ、実を言うと」

「そうなの？」

「そうなの。個展やるって決めてから、何か区切りがついちゃったみたいで。やる気っていうか創作意欲っていうか、そういうのがゴソッと無くなっちゃってたんだよな、ここんとこ、ずっと。だから卒制のほうもずっと足踏み状態でさ」

何を言ってるんだ、と思った。創作意欲が無くなってた、だって？　刷毛二刀流であんなダイナミックな絵を描いた人のセリフとは思えない。……いや、しかし。そう言われてみれば。彼は、僕らの要望に応えて渋々筆を執ったのであり、おまけに、題材はリクエストに従ったものだった。自分の意思で描いていたわけではない。

それに、絵を描いているときの彼の表情は、硬く険しいものだった。人を殺しそうなほどに真剣で、怖いくらいだった。あんな顔をしないと描けないようなものなら、そりゃあ、楽しくないには違いない。

この人も、悩みがないわけではなかったんだなぁ。

しかし、自分が描きたいと望むものを描くのなら、

自然と湧き上がってきた衝動に身を任せることができるなら、

「描けばいいよ」と絹川が言った。

僕は彼の背をバンバン叩いた。「そうそう、描いて描いて！」

ひとしきり笑った後、彼は神妙な顔になり、改めて腕の中の花束を見下ろした。「うん、そうだな。描こう。何もしなきゃ枯れるだけだし。枯らすには惜しいし」

そう言って彼は、軽く目を伏せ、芍薬に鼻先を埋《うず》めた。そのほんのわずかな動作には、好きな娘《こ》にキスしようとするようなひたむきさがあって、やけに色っぽく、男の

僕でさえちょっとドキリとした。

「絵なら枯れないもんな」

教育実習生六人が揃《そろ》って職員玄関から出てきて、裏門へ向かう。

僕らが贈った花束を腕に抱えた由良先生も、もちろんその中にいた。

東棟の端にある美術室の窓からは、辛うじてそれが見えた。

「行っちゃうな」

僕は窓枠に寄りかかりつつ、誰に言うでもなく呟いた。

絹川は、僕と同じような姿勢で窓枠に寄りかかっていた。

小丸先輩はちらっと外を覗いたけど、さっさと離れて、面打ちに集中し始めた。小丸先輩が美術室に来ている間中、面打ち指導をしてもらっていた由良先生は、この二週間のうちにどうにか面（らしきもの）を一つ仕上げて、すでに持って帰ったとのこと。

いつもの仏頂面でノミを黙々と動かしてるから、小丸先輩の心中は読めないけど、でも、優秀な（？）生徒が一人いなくなってしまったっていうのは、やっぱ、寂しいんじゃないかな。

二週間前に突然現れたにもかかわらず、何年も前からずっとここにいたような存在感を放っていた彼は、現れたときと同じ唐突さで去っていく。

ふと気づくと、絹川がなんだかもじもじと落ち着かないふうだった。

「なんだよ、トイレ行きたいなら行けば」

絹川は膨れっ面になり、僕の肩をぽかりと殴った。

「違うのか」

「違うよ」と、そっぽを向く。

そして彼女はすうっと大きく息を吸いこみ「せんせい！」と、まぁ、絹川的には精一杯大きい声だったんだろうけど、客観的にはかなり弱々しい声を発した。それは本人も分かっているようで、

「先生」「先生！」「由良先生！」

彼女は両手で胸を押さえ、頬を紅潮させて、なんとか声を絞り出そうとした。

か細かった声にどんどんハリが出て、力がこもり、ボリュームが上がり、

「ゆらせんせ――!!」

やがて絹川は、窓ガラスが震えるような大声を張り上げた。

その声は地上まで届いたらしい。由良先生は足を止めた。そして真っ先に四階の美術室を振り仰いだ。僕と絹川の顔を捉える。目をまん丸にして、すごくビックリした顔をしている。

絹川は三たび大きく息を吸いこみ、窓から身を乗り出して、喉が裂けんばかりの大声を出した。

「先生、教師になってくれる⁉」

由良先生はとにかく驚いていた。何よりも、絹川が大声を出したことに驚いているようだった。しかしすぐに相好を崩すと、高らかに応えた。

「おー！　なったるぜー！」

それを聞いた絹川は、「ふふっ」と笑ってようやく力を抜いた。

僕もつられて「ふはっ」と笑ってしまった。

僕は再び地上に視線を落とした。

周囲にいた他の教育実習生に冷やかされ、つつかれながら、花束を抱く由良先生は笑っていた。照れくさそうに、しかしどこか誇らしげに。明けっ広げに、そして無邪気に。ああもう、ほらほら、その表情！　高校生より高校生みたいじゃん。あの人、とっくに成人してるはずなのになあ。

そんな彼の姿が裏門の向こうに消えるまで、僕と絹川は並んで窓辺に立っていた。

人数の減った美術室は少し寂しい。もともと広い教室だから、ほんの二、三人がいる程度では、風通しがよすぎて心許ない。

なんだかな。

元に戻っただけなのにな。

ほんの二週間前の状態に。

……いや。大きく変わったこともあったっけ。

絹川が僕に微笑みかける。

「日野くん、ねぇ、日野くん、絵を描こう」

僕は大きく息を吸って頷く。

そうだよ。笑って。笑っていて。
あなたが笑ってるなら、それで、文句ない。

【青大将】「柏尾《かしお》が思い切って青大将に触ってみる」というシーンがあったが「本筋に関係ない」ということでゲラの段階で全面カットされた。他、「しじみ汁の効能について語る」「すやすや眠っている犀《さい》の口にサキイカを投入してみる」「ラジオ体操に参加したことがないという由良《ゆら》にラジオ体操の素晴らしさを力説する」などなど、しょうもないシーンが多々あったが、どれも「本筋に関係ない」ということでカットされた。

【ミレイ】一八二九～一八九六。イギリスの画家。ラファエル前派創始者の一人。代表作はやっぱり『オフィーリア』でしょうか。ちなみに『落穂拾い』や『晩鐘』で有名なミレーさんとは全然別の人。

【くろべえ】最初期、『プシュケ』の続編は「ハル編」「アタカ編」「くろべえ編」で行こうと思ってました。

【美大】　本作に出てくるのは柴村が創作した架空のなんちゃって美大ですが、参考のため、実際の現場を覗《のぞ》かせてもらったり、資料をいただいたり、そこを拠点とされる方々にお話を伺ったりすることができました。

Ｓ・Ａ先生と武蔵野美術大学のみなさん。Ｋ大のＫ村さん。ご自身の制作でお忙しい中、時間を割いていただき、柴村のいまいち的を絞りきれていないぼんやりした質問に、丁寧かつ分かりやすく答えていただきました。おかげさまで、一つの世界を楽しんで作ることができました。ご協力ありがとうございました！

【あてんしょんぷりーず】　『プシュケ』『ハイドラ』『セイジャ』三作通して、多くの方から助言をいただき、また、多数の書籍を参考にさせていただきました。しかし、フィクション創作の性質上、柴村の都合のいいように解釈されたり改変されたりしている情報があるかもしれません。事実と異なる描写があっても、それは柴村の作為もしくはヘマです。本作における文責のすべては柴村にありますので、その点ご了承ください。

【謝辞】
也さん、デザイナーさん、担当編集者さん、各セクション担当者さん。
A田さん、K野先生、N先生。
そして、この本をお手にとってくださったすべての読者さま。
ありがとうございました！

柴村　仁　著作リスト

プシュケの涙（メディアワークス文庫）
ハイドラの告白（同）
セイジャの式日（同）

「我が家のお稲荷さま。」（電撃文庫）
「我が家のお稲荷さま。②」（同）
「我が家のお稲荷さま。③」（同）
「我が家のお稲荷さま。④」（同）
「我が家のお稲荷さま。⑤」（同）
「我が家のお稲荷さま。⑥」（同）
「我が家のお稲荷さま。⑦」（同）
「E.a.G.」（同）
「ぜふぁがるど」（同）
「プシュケの涙」（同）
「おーい！　キソ会長」（トクマ・ノベルズEdge）

◇◇メディアワークス文庫

セイジャの式日《しきじつ》

柴村《しばむら》 仁《じん》

発行　2010年4月26日　初版発行

発行者　髙野 潔
発行所　株式会社アスキー・メディアワークス
〒160-8326　東京都新宿区西新宿4-34-7
電話03-6866-7311（編集）
発売元　株式会社角川グループパブリッシング
〒102-8177　東京都千代田区富士見2-13-3
電話03-3238-8605（営業）
装丁者　渡辺宏一（有限会社ニイナナニイゴオ）
印刷・製本　加藤製版印刷株式会社

ISBN978-4-04-868532-0 C0193

アスキー・メディアワークス　http://asciimw.jp/
メディアワークス文庫　http://mwbunko.com/

本書に対するご意見、ご感想をお寄せください。
あて先
〒160-8326　東京都新宿区西新宿4-34-7　株式会社アスキー・メディアワークス
メディアワークス文庫編集部
「柴村 仁先生」係

発行●アスキー・メディアワークス　し-3-2　ISBN978-4-04-868465-1

メディアワークス文庫

それは他愛のない
悪戯のはずだった……
しかし、嘘の予言が
現実のものとなり……

ボクらのキセキ

静月遠火

「僕はもうすぐ君の彼氏になる男……でも僕たちは付き合ってはダメだ。なぜなら僕たちが付き合うと、不幸な事件や事故が次々起きて、いつか僕らは人を殺すから……」

波河久則はお調子者の高校二年生。その日も悪友二人と一緒に、拾った携帯電話を使ってそんな悪戯電話をかけて遊んでいた。

その数日後、久則は隣の高校に通う三条有亜と出会い、彼女に一目惚れ。しかし久則との付き合いが深まるに連れ、有亜のまわりでは思わぬ事故が続き……。

嘘と現実が交差する学園ラブミステリー。

発行●アスキー・メディアワークス　し-2-1　ISBN978-4-04-868382-1

メディアワークス文庫

たんぽぽのまもり人

海嶋 怜

ISBN978-4-04-868533-7

この世のすべての人ひとりひとりに寄り添って生涯を共に歩む、天からの使い——「守護者（ガーディアン）」。初めて女性を担当することになった青年ガーディアンと、彼の側で少しずつ大人になってゆく少女を巡るラブストーリー。

か-3-1
0027

メイド・ロード・リロード

北野勇作

ISBN978-4-04-868534-4

売れない作品ばかり発表しているSF作家が、初めてのライトノベルに挑戦することに。意気揚々と編集者との打ち合わせに向かうのだが、そこはなんとメイド喫茶だった……!?　SF作家・北野勇作による、妖しくも不可思議な世界。

き-1-1
0028

舞面《まいつら》真面《まとも》とお面の女

野﨑まど

ISBN978-4-04-868581-8

工学部大学院生の青年・真面（まとも）は叔父に呼びだされ山中にある邸宅を訪れることに。そこで『箱』と『石』と『面』に関する謎を解くように頼まれた彼は……？〈メディアワークス文庫賞〉受賞者、野﨑まどが放つ怪作！

の-1-2
0029

太陽のあくび

第16回電撃小説大賞〈メディアワークス文庫賞〉受賞！

有間カオル

ISBN978-4-04-868270-1

愛媛の小さな村で開発された新種の夏ミカン。その素晴らしさを多くの人に知ってもらおうと、村の子供たち、テレビの通販番組のバイヤーらが悪戦苦闘する。苦しくなるほど眩しく、そしてエネルギーに満ちた彼らの物語。

あ-2-1
0003

お茶が運ばれてくるまでに

文・時雨沢恵一　絵・黒星紅白

ISBN978-4-04-868286-2

あなたはイスに座って、ウェイターが注文を取りにきました。
あなたは一番好きなお茶を頼んで、
そして、この本を開きました。
お茶が運ばれてくるまでの、本のひととき——。

し-1-1
0009

メディアワークス文庫

探偵・花咲太郎は閃かない

入間人間

ISBN978-4-04-868222-0

ぼくの名前は花咲太郎。しがない犬猫探し専門探偵……なのだけど、なぜか眼前には、真っ赤に乾いた死体がある。……ぼくに過度な期待は慎んで欲しいんだけどな。これは、『閃かない探偵』ことぼくと、『白桃姫』ことトウキの探偵物語だ。

い-1-1 0008

探偵・花咲太郎は覆さない

入間人間

ISBN978-4-04-868386-9

ぼくの名前は花咲太郎。「推理は省いてショートカット」が信条の、犬猫探し専門探偵だ（しかもロリコン）。にもかかわらず、最愛の美少女・トウキは殺人事件を勝手に運んでくる。オネガイヤメテー。これは、そんな僕らの探偵物語だ。

い-1-2 0019

第16回電撃小説大賞〈選考委員奨励賞〉受賞！

空の彼方

菱田愛日

ISBN978-4-04-868289-3

防具屋「シャイニーテラス」では、店から出ることのできない女主人ソラが旅人たちの帰りを待っている。彼女は旅人たちの話を聞くことで世界を旅し、ある人物を捜しているのだ。不思議な防具屋を舞台にした、心洗われるファンタジー。

ひ-1-1 0012

第16回電撃小説大賞〈選考委員奨励賞〉受賞！

蒼空時雨

綾崎 隼

ISBN978-4-04-868290-9

ある夜、舞原零央はアパート前で倒れていた譲原紗矢を助ける。彼女は零央の家で居候を始めるが、二人はお互いに黙していた秘密があった……。これは、まるで雨宿りでもするかのように、誰もが居場所を見つけるための物語。

あ-3-1 0013

ガーデン・ロスト

紅玉いづき

ISBN978-4-04-868288-6

誰にでも優しいお人好しのエカ、漫画のキャラや俳優をダーリンと呼ぶマル、男装が似合いそうなオズ、毒舌家でどこか大人びているシバ。女子高校生4人が過ごす青春の切ない一瞬を、四季の流れとともにリアルに切り取っていく。

こ-2-1 0011